Katsumi & Mitsuki

「囚われの人」

彼の手が美月の全身を撫でていき、
股間のものを握ってわずかにそれを上下させた。
それだけで美月は果ててしまいそうになったが、
それを察した竹下は素早く根元を握り美月の射精を止めた。
「いい子だから、もう少し辛抱して。
最後まで知りたいなら我慢するんだよ」
（本文P.65より）

囚われの人

水原とほる

キャラ文庫

この作品はフィクションです。
実在の人物・団体・事件などにはいっさい関係ありません。

目次

口絵・本文イラスト／高崎ぼすこ

◆◆

大きな家と広い庭、家政婦や庭師や運転手らがいて、自分が恵まれた家庭に生まれたという意識はわりと幼少の頃から持っていた。にもかかわらず、物心ついてからの記憶のほとんどは、布団に横になってぼんやり見上げた母親の不安そうな顔だ。病弱に生まれた美月《みつき》にとって、世界はとても狭いものだった。

企業の経営者である父は仕事で常に忙しく、あまり接触がなかった。子育ては母親の役割と割り切っている古いタイプの人間で、美月が生まれたときは五十になろうかという歳《とし》だった。片や若い母親は優しかったが、構いすぎる子育ては誰の目にも過保護に映っていただろう。それでも、両親は一人息子の美月をそれぞれの方法で愛してくれたと思う。父は経済的に十二分なものを与えてくれて、母親は過剰な愛情をくれた。それらは成長するにつれて、美月にとって少しばかり重いものになっていったが、仕方のない部分もあったのだ。

未熟児で生まれてきた美月は、就学の歳まで何度も病で生死の境をさまよってきた。また、成長しても病弱でろくに学校にも通えず、同じ年頃の子どもたちに比べてあきらかに何もかもが劣っている。そんな息子に父親は内心失望していただろうし、母親は不憫《ふびん》に思うばかり。両親の愛情を受けながらも、美月もまた誰にも自分をわかってもらえない寂しさをひしひしと感じてきた。

兄弟もおらず、友達もいない。成長とともに日々心の中には鬱屈《うっくつ》としたものが溜《た》まっていくのが息苦しくて、一人の部屋で声を上げて泣くこともしばしばあった。

心の不安はそのまま体調に出てしまう。美月の具合が悪くなると、母親はすぐに学校を休ませる。そうすると、ますます学校に馴染《なじ》めなくなり勉強は遅れ、友達はできないまま学年が進んでいく。孤独な毎日が美月にとっての日常であった。

自分などいつ死んでもいい。悲しむのは両親だけだ。十歳になる前に、美月はすでに自分の人生に対して投げやりな思いを抱くようになっていた。ところが、孤独を募らせるばかりの美月の前に一人の男の人が現れて、色褪《いろあ》せた世界にほのかな灯《あか》りとともに明るい色が差した。

季節は晩秋だったが、まだ日差しの暖かさが感じられる昼下がりだった。用を足した美月は長い廊下を歩き、寝床の敷かれている和室に戻ろうとしていた。そこに見知らぬ男の人が立っていたので、熱が下がったばかりのまだぼんやりした頭ととろんとした目で彼を見上げたずねた。

「誰……？」

家政婦や父親の仕事関係の客など大勢の大人が出入りしている家だったので、知らない人を見てもさほど驚きはしなかった。だが、問われた男性のほうはハッとしたように美月を見つめ、なぜかしばし言葉を失っているようだった。平日の昼間で、子どもが家にいる時間ではないから奇妙に思ったのだろう。

「あの、君は、もしかして……」

「僕は美月。この家の子どもです」

大人に対しては礼儀正しく振る舞うようにと両親から教わっている。幼く自己紹介をしてペコリと頭を下げる。すると、彼がゆっくりとこちらに近づいてきてすぐそばに立った。美月を見下ろしている目から戸惑いが薄らぎ、優しさが滲《にじ》み出てくる。

「そうか。君が美月くんか」

美月が頷《うなず》いて、もう一度たずねる。

「あなたは誰ですか?」

「ああ、わたしは君のお父さんの会社の者だよ。お父さんに必要な書類を取ってきてくれと頼まれてね。書斎の場所を探していた」

「だったら、こっちです」

美月はにっこりと笑って洋館の二階を指差してから、彼を案内するように先を歩く。

「連れていってくれるのかい？　助かるよ。ちょうど奥様も留守で、家政婦さんも皆忙しそうにしているので声をかけにくかったんだ」

そう言った彼は、父の会社に勤めている竹下克美《たけしたかつみ》と名乗った。スーツ姿の大人は皆、父親のように気難しい顔をした人ばかりだと思っていた。けれど、彼は優しい笑みが印象的で、どこか懐かしささえ感じる雰囲気があった。

「ところで、今日は学校は休みなのかい？」

二階への階段を上がりながら、美月は顔だけで振り返って小さく首を横に振る。

「今朝まで熱があって、学校はお休みしました。僕、すぐに熱を出してしまうから……」

しょっちゅう学校を休んでいるせいで友達がなかなかできず、勉強が遅れてしまうことが心配などと話した。普段は父親の会社の人にそんな話はしないのだけれど、彼は若くて口調も親しみを感じさせるし、今年から教師になったばかりのクラス担任の印象に被《かぶ》ったのだ。

少ししょんぼりとした様子で話す美月に同情したのか、竹下は今日の案内のお礼にいつでも勉強を見てあげると約束してくれた。もちろん、そんなのは大人の適当なお愛想だろうと思っていた。社長の息子だから、ご機嫌うかがいをしているだけのことだ。そんな言葉はこれまでもいろんな人から聞かされたが、約束を守った人など一人もいなかった。

案の定、それから一ヶ月以上経っても彼は家にやってくることはなかった。わかっていたけれど、なんとなくあの優しそうな人にもう一度会いたいと思った。だから、美月は珍しく父親も揃《そろ》った夕食のとき、さりげなく竹下という男が勉強を見てくれると言っていたのにあれ以来こないと告げ口めいた真似《まね》をしてしまった。

それを聞いた父親は少し驚いた顔をし、母親はなぜか不愉快そうな顔になったのを今でもはっきり覚えている。けれど、滅多に何かをねだったりしない美月が彼に勉強を習いたいと言うと、翌週の日曜日には竹下がやってきた。

竹下は今年で二十八歳になり、大学卒業後すぐに父親の会社に入ったので今年で六年目だという。そのときは経営企画室という部署にいながらも、父親に目をかけられて側近の一人として秘書的な役割も果たしていた。父親を取り巻く年配の男性たちとは違いまだ若い竹下だったが、それだけに美月の目には彼が凛々《りり》しくとても美しい大人の男に見えた。

事実その容貌は目鼻立ちが整い、知的な目元と少し薄い唇が怜悧《れいり》な印象を与えている。一見冷たそうに見えて、微笑《ほほえ》むととても温かく優しげになる。背が高く、スーツがよく似合い、立ち居振る舞いが若々しくて見ていても気持ちがいい。

当時十歳になったばかりの美月にはうんと歳の離れた兄ができたような気分で、あっという間に彼に懐いていった。竹下も美月のことをとても可愛《かわい》がってくれた。

学校へ行けない日は、仕事帰りに家に立ち寄って勉強を見てくれることもあった。休日にきてほしいとねだれば、たいていは美月のわがままを聞き入れてくれた。母親は会社の人間が休日まで家に出入りするのをあまり快く思っていなかったようだが、父親は美月が喜ぶならと竹下が家にくるのを許可していた。

勉強を見てもらうばかりでなく、体調がいいときは一緒に庭を散歩した。日本家屋の縁側にある水琴窟《すいきんくつ》の音を聞いたり、花摘みをしたりして過ごす時間は美月に生きている楽しさを思い出させてくれた。

ときにはサッカーやバスケットボールなどもつき合ってくれた。運動が苦手で体力がない美月につき合ってのことだから、スポーツの真似事のようなものだったが、それでも一緒にいられるだけで嬉《うれ》しかった。

遊んだあと部屋に戻るとき、手を繋《つな》いでもらったらとても嬉しくなった。でも、もっと嬉しかったことがある。いつだったか竹下によく飛ぶ紙飛行機の作り方を教えてもらったことがある。それを庭で飛ばしたら、本当に驚くほどよく飛んだ。

よく飛びすぎて、それが庭にある一番高いモチノキの枝に引っかかってしまった。そのとき、竹下は美月が高い木の枝に届くように抱き上げてくれたのだ。彼の両腕にしっかりと抱きかかえられ、手を伸ばして飛行機を取った。そして、地面に下ろしてもらうまでしっかりと首に両手を回しながら、美月は大人の男の人の匂いにうっとりとしていた。

父親とは違う、若い男の人の匂いというものを初めて感じたとき、なんだか体の奥がうずうずとする奇妙な感覚に襲われた。不思議に思いながら地面に足をつけてもなお美月は両手を離すことなく、竹下にしばらくしがみついたままじっとしていた。

『高いところは苦手かい？　怖かったんだね。可哀想に……』

竹下は美月が高く持ち上げられて怯《おび》えたのだと思い、宥《なだ》めるように抱き締めたまま頭を撫《な》でてくれた。けれど、怖かったわけじゃない。彼から離れたくなかったのだ。

今にして思えば、きっとあのときから美月の愛は始まっていたのだろう。そして、今もずっと彼のことを思っている。たとえ彼が何者であっても、彼に惹《ひ》かれるのは定められていた美月の運命だったと思うのだ。

◆◆◆◆◆

その日の夕刻、兄はいつもより早く帰宅したようだ。

彼が長い廊下を歩いてくる足音はすぐにわかる。子どもの頃からしょっちゅう寝込んでいた美月は、寝床についたまま廊下を歩いている人をその足音で当てることができた。最初はゲームのようにしていたことが、いつしか身についてしまったのだ。

そして、十九になった今も敏感な耳はその人を聞き分ける。女性の家政婦よりは重く板を踏みしめる音がして、男性の雑用係や運転手のように遠慮がちな足取りでもない。

兄の足音に美月は寝床の中で小さく身を震わせる。会いたいけれど、今は体の具合があまりよくない。

(それに……)

掛け布団から出ていた自分の手首を見ると、くっきりと赤い痕《あと》が残っている。昨夜の相手が美月の体に残した痕だ。美月が大学にも行けず、こうして一日寝込んでいたのもそういう理由からだ。だが、兄はそんな美月を見舞いにきてくれるわけではない。

「入るぞ」

声がして、間をおかずに兄が入ってくる。パシンと障子が閉まる音とともに、美月は背中を向けていた体をゆっくり返して兄のほうを見る。

「おかえりなさい」

か細い声で言うと、兄は寝床の美月を冷たい目で見下ろす。

「ずいぶんと具合が悪そうだな」

「だ、大丈夫。すぐによくなるから……」

ゆっくりと体を起こした美月だが、身につけている浴衣《ゆかた》の前をしっかり合わせたのは胸元にもついている痣《あざ》を見られたくはなかったから。けれど、そんな美月の思いも一瞬にして無駄だと思い知らされる。

「そうか。それならいいが、そこら中に情事の痕を残しているようではしばらく使い物にならないな」

そう言ったかと思うと兄は寝床のすぐそばで膝《ひざ》をついてしゃがみ、美月の浴衣の襟をつかんで簡単にそれを開いてしまう。

「あ……っ、だ、駄目っ。見ないで……」

美月が慌ててまた浴衣の前を合わせようとしたが、兄はそれを許さなかった。はだけた襟元から白く薄い胸が見え、そこに残るいくつもの扇情的な赤い痣があらわになる。それだけではない。手首と同じ皮膚の擦《こす》れた縄の痕もくっきりと残っている。

風呂《ふろ》で洗い落とせない痕というものがある。そんな痕を兄に見られるのは辛《つら》い。美月は俯《うつむ》き唇を噛《か》み締めたが、兄の嘲笑《あざわら》うような小さな声が耳に届いた。

「昨夜の相手は谷崎《たにざき》だったな。朝一に礼の電話があった。ずいぶんと楽しませてもらったとな」

そう言うと、兄は美月の顎《あご》をつかんで顔を上に向かせる。昨夜の情事を思い出し羞恥《しゅうち》に目元を潤ませれば、それを見てまた兄の口調に嘲《あざけ》りが交じる。

「ところで、おまえは縛られるのが好きらしいな？　いい声で啼《な》いたと言っていたぞ」

「ち、違う。そんなことはない……っ」

慌てて否定するが、兄ははなから美月の言葉を信じる気はないのだ。それどころか、美月を辱めることに言葉を惜しむ気はない。

「そうかな？　思えば、子どもの頃から淫《みだ》らだったよ。あのときもそうだったじゃないか」

「えっ？」

いきなり子どもの頃のことを言われて、美月はハッとしたように兄の顔を見つめる。どのときのことを言われるのかとビクビクしながらも頰《ほお》を赤らめてしまう。

「まだ十歳頃だったな。紙飛行機の作り方を教えてやっただろう。覚えているか？」

そのときのことが美月の脳裏にも蘇《よみがえ》る。

「木に引っかかった飛行機を取るのに抱き上げてやったよな？　おまえは地面に下ろしてやってからも俺から離れようとはしなかった。あんな子どものときから、男を誘惑する術《すべ》だけは身につけていたということだ」

あの思い出をそんなふうに言われるのは辛い。けれど、美月には言い訳ができない。それは自分でも少なからず自覚があるから。

(だって、あのときは……)

美月は兄の顔を見つめながら、心の中でせつない吐息を漏らしている。

あの頃はまだ何も知らなかった。父がなぜ彼に目をかけるのか。母がなぜ彼の存在を不愉快に思うのか。それでも、彼がいつも自分に優しく微笑みかけてくれて、誰よりも近くで見守ってくれていたのか。何もかも深く考えるには子どもすぎた。

あの当時、兄はまだ「竹下克美」と名乗り、父親の会社に勤める一社員だった。だが、今は彼を「兄」と呼ぶ。そして、父と母はもういない。この家に暮らすのは、若くして会社を継ぎ「アリモトリゾート開発」三代目の社長となった兄の克美と美月の二人だけ。

「母親譲りのその顔と体で媚《こ》びてみせたら、まずは落ちない男はいないだろう。十九になっても男を匂わせない体。まるで腕のいい職人が造った人形のように整ったきれいな顔。だが、そのどちらも俺には不気味にしか見えないがな」

子どもの頃から「可愛い」とか「愛らしい」という褒め言葉は周囲からさんざん聞かされてきた。社会的地位のある父親に媚びて、一人息子の美月を褒めていた部分もあったのだろう。だが、それを差し引いても母親に似た目鼻立ちは、確かに人の心をくすぐるものがあるようだ。ところが、それを鼻にかけるにしては美月はあまりにも他の部分が欠けていた。

虚弱で学校はしょっちゅう休むし、学業も優秀とは言いがたい。子どもらしい潑剌《はつらつ》さもなければ、どちらかといえば人見知りでよいところなど何もない。そんな自分に唯一神様から与えられたものがあるとすれば、この容姿だけなのだ。それなのに、そんな美月の顔を見つめながら兄はどこか侮蔑《ぶべつ》のこもった口調で「不気味」だと言うのだ。それればかりではない。

「おまえのその美貌《びぼう》はたっぷり毒を含んだ色鮮やかな甘い菓子だ。美しさに惹かれて手を伸ばし、一口食べたら終わりだよ。誰もが毒にやられてしまう」

「そんなこと言わないで。兄さんは僕のことを好きでいてくれるでしょう？　もう誰もいない。父さんも母さんも。僕には兄さんだけだから……」

美月は自分の顎をつかむ兄の手を両手で包み込むように握ると、縋《すが》るような目で見上げて言った。それだけでは不安で、膝をついて体を起こし兄の首に両腕を回そうとする。子どもの頃のように抱き締めて頭を撫でてほしい。もっと近くに兄の存在を感じさせてほしい。

「克美兄さん……」

美月が小さな声で名前を呼ぶと、兄は縋りついてくる体を乱暴に突き飛ばした。寝床に倒れ込んだ美月の浴衣の裾がはだけて、胸ばかりか白く細い太腿《ふともも》までがあらわになる。

「この淫乱《いんらん》めっ」

そうじゃないと美月が慌てて浴衣の襟と裾を整えようとすると、兄は苛立《いらだ》ちをぶつけるように覆い被さってきた。

「見せてみろっ。縛られて喜んだ体はどうなっているんだ？　きれいな顔をしていても、体は淫らで心はどこにあるかわかったものじゃない。誰に抱かれても嬉しいと啼くんだろう？　この恥知らずがっ」

兄は冷たい言葉を吐きつけながら、美月の浴衣を剝《は》いでしまう。そして、その体を見て自分の言ったとおりだとまた嘲笑う。

「下着もつけていないじゃないか。俺にも触ってほしくて、わざとこんな挑発的な格好で待っていたのか？」

「そ、それは……」

違うと小さく首を振ったけれど、兄の手が自分から離れていくのが怖くて美月は思わず認めてしまう。

「でも、僕は兄さんにならば何をされても……」

言いかけた美月の唇を手のひらで押さえて黙らせようとする。それに怯えた美月が体を震わせるのを見て、兄が低い呻《うめ》き声とともに呟《つぶや》く。

「おまえは、おまえという奴は……」

苛立ちとも苦渋ともつかない表情になったかと思うと、自分の唇を美月の唇に近づけてくる。苛立ちの反動だろうか。罵《ののし》る言葉とは裏腹に、唇が重なってくる。兄の薄くて一文字の唇は、印象のままに少しひんやりとしていて気持ちがいい。だが、美月がその感触を味わう間もなく、兄が再び乱暴に体を引き離した。

「あぅ……っ」

まるで穢《けが》れたものを自分の身から剝がすような態度に、寝床に両手をついて伏した美月が振り返って兄を恨めしげに見上げる。

「兄さん……っ」

どうしてこんなふうになってしまったのかわからない。運命は自分に何を強いているのだろう。両親を奪い、兄の心を冷たくし、美月を悲しみのどん底に落としてそれでも生きろというのだろうか。

けれど、そんな運命であっても美月には逆らう力がない。心身ともにひ弱な自分は目の前にあるものに従うことしかできないのだ。

「兄さん、お願い、僕を嫌いにならないで。なんでも言うことをきくから。ちゃんと言うとおりにするから見捨てないで……」

両親を失い、一人になってしまった美月のそばにやってきた人。違う姓を名乗っていた彼があらためて「兄」として目の前に現れたとき、美月は迷うことなくその事実を受け入れた。ずっと誰よりも心が近しいと思っていた人だから、同じ血を分けた「兄」だと知らされたときはむしろ幸せを覚えたくらいだった。

なのに、それを認めたくない人たちがいる。兄と美月を引き離そうとする人たちもいる。そして、過去に「竹下」と名乗っていた彼こそが、兄となった今は美月を疎ましいもののように扱う。

「そのきれいな器の中に、よもやそれほど淫らで邪悪なものがつまっているとはな。おぞましい奴めっ」

禍々《まがまが》しいものを見るような目を向けられ罵られて、また美月は悲しく視線を伏せる。血の繋がりを知ってもなお兄を思う気持ちが淫らで邪悪だと言われるなら、きっと自分はそのとおりなのだろう。

「ご、ごめんなさい……」

何が悪いともわからないまま美月は詫《わ》びの言葉を口にする。すると、兄はまた苛立ちを募らせたように眉間《みけん》に皺《しわ》を刻んで立ち上がる。

「さっさと体調を整えろ。おまえがこの家でできることは一つだけだ。父親の残した会社を潰《つぶ》さず、これからもここで暮らしていきたいなら、せめてその顔と体でやれることをやれ」

吐き捨てるように言われて、美月は黙って頷くしかなかった。従順である以外にできることはない。美月はこの家にいたい。ここしかいる場所がないから。そして、兄のそばで生きていきたい。それだけが美月の願いで希望なのだ。

この家は明治から大正時代、絹貿易で富を築いた豪商が建てたものだった。それを事業で成功した美月の祖父が買い取り、大幅に手を入れて今の形となったのが六十年ほど前のことになる。

むくり屋根を持つ入母屋《いりもや》造りの日本家屋が西側にあり、東側にはドーマー窓を持つ洋館部分があって、その二つが長い廊下によって繋がれている。庭は前庭と中庭、そして背後に広がる日本庭園があり、十月になり秋めいてきた今はツワブキやシュウメイギクが咲き、色づく木々とともに庭を彩っている。

両親の生前には、洋館の二階が家族のプライベートなスペースとなっており、寝室の他に父親の書斎があった。ただし、美月は幼少の頃から寝込むことも多く、目が届きやすい場所に寝かせておいたほうがいいという事情で、一階西側の和室が第二の寝室のようになっていた。

今も二階の自室はあるけれど、大学のレポートを書くとき以外あまり使うこともない。そして、洋館の二階は兄が自分の使い勝手のいいようにさらなる改築を加え、両親の思い出もほとんどなくなっていた。

早いもので、この家が両親のものから兄のものとなって一年が過ぎた。あれはちょうど今頃の季節、信州《しんしゅう》にある新しいリゾート開発のための候補地を視察した帰りのことだった。都内に戻るために両親が乗ったヘリコプターが、急な悪天候により墜落するというあまりにも不運な事故に見舞われた。

両親を一度に失った美月のショックは大きかったが、同時に父親の経営する「アリモトリゾート開発」もまた、突然のトップの事故死により多大な影響を受けることとなった。

祖父が興したゴルフ場開発会社を、総合リゾート開発企業として今の規模にしたのはひとえに父親である芳美《よしみ》の手腕だった。その強力なカリスマ経営者を失い、周囲から企業の将来が案じられたのは無理もない。

本来なら跡を継ぐはずの美月は、当時まだ十八になったばかり。相変わらず病弱で、高校も休みがちだったことから自宅学習となり、大学進学さえも危ぶまれるような状況だった。

親族の中には「アリモトリゾート開発」の重役として名を連ねている者もいたが、誰も企業を率いていくだけの統率力も決断力も持たなかった。自らが重責を荷うこともできないが、外部からトップを呼び企業ごと乗っ取られるのは困る。そんなジレンマに陥りかけていたところ、救世主となる人物はごく身近なところから現れた。

父の他界した直後、有元家の顧問弁護士がその遺言を開封したところ細かい財産分与に関する内容と同時に、会社経営についてもその方針が記されていた。そして、跡継ぎとして指名されていたのが、「竹下克美」こと「有元克美」であった。

素性を隠したまま「アリモトリゾート開発」に就職していたが、克美は美月の父親が若い頃に銀座《ぎんざ》のホステスに産ませた子どもである。もちろん、婚約をしていたわけでもないので完全な婚外子であった。

だが、父親は入社した克美が自分の血を引く子どもであると知ると、彼の存在を遠ざけることなくむしろあらゆる面において優遇するようになった。その理由として、美月の存在が大きく影響したのは間違いない。

美月は愛らしい容貌だが、誰の目にも心身ともにひ弱であった。成長しても企業を率いていくだけの能力は期待できない。そこで父は密《ひそ》かに克美を自分の籍に入れることを考え、意図的に社内でも厳しい部署に配属し彼に次々と難問を与えていった。

いくら自分の血を分けた息子でも、無能なら認知の意味などない。父は実の息子の美月にもそうであったように、克美に対しても情だけで動かされることはない人間だった。だからこそ、カリスマ経営者となれたわけだが、克美はその父の血を色濃く引き継いでいたようだ。

克美は美月と違い、優秀で心身ともにタフであり父親の期待に応《こた》えるに充分な資質を持っていた。やがて父は克美に認知の話を告げ、克美もその話を承諾し、正式な手続きを秘密裏に行っている。その後も自分の秘書的な仕事もさせて傍らに置き、経営の帝王学的なことも叩《たた》き込んでいった。

そんな克美にとっても、社長であり父親でもある有元芳美の死はあまりにも突然であった。三十六歳という若年での社長就任について、親族や取締役の間でも揉《も》めに揉めた。だが、最終的には父親の遺言どおりするしか道はなかった。かくして芳美の戸籍上の嫡男である克美が「アリモトリゾート開発」を継ぐこととなり、一年が過ぎて現在に至る。

美月にとっても正式に異母兄となった克美は、周囲の不安をよそに十二分にその役割を果たしているようだ。一夜をともに過ごした取り引き関係者やスポンサーなどから、いかに克美がやり手であるかは美月もたびたび聞かされていた。

同時に、彼は有元の家に主《あるじ》として入り、実質的に企業と家の双方においてすべてを思いのままにできる立場についた。そんな克美にとって唯一目障りな者がいるとすれば、それは異母弟の美月一人となる。

「今日の夕食はいい。それから、明後日からは一週間で北米《ほくべい》だ。準備を頼む」

その日の、朝食の席で兄が家政婦頭の田村《たむら》に言った。

「承知しました。旦那様《だんなさま》」

田村はこの家で働くようになって二十年以上になる。今は六十を過ぎて、会社勤めならいつ定年退職してもいい年齢だ。だが、美月が生まれる前からの古参である彼女が、今となってはこの家について最も詳しい人間だ。

そんな「有元家」の歴史も家風のしきたりもすべて掌握している彼女だが、三代目の克美がこの家に入ってからというもの、これまでとは勝手が違ってきたことにいろいろと物思うところもあるようだった。

昨日は大学に行くことができず、ずっと寝込んでいた美月も今日は朝からきちんとテーブルについていた。彼女は美月の好きな紅茶をカップにそそぐとティーポットを置いて、兄のほうへと向き直る。

「ところで、美月様のことですが……」

広いダイニングテーブルの正面に座り、卵にベーコンの他マリネした季節の野菜にトーストという朝食を摂《と》る兄は、テーブルに立てたタブレットのニュース画面から視線を外さない。彼のすぐ左側面《そくめん》の席でミューズリーを食べていた美月のほうが、ハッとして顔を上げる。

「美月がどうかしたか？」

田村は克美のカップに二杯目のコーヒーをそそぎながら、淡々とした口調で告げる。

「美月様も大学がございます。もとよりお体が丈夫ではないのですから、あまり旦那様のご用事で借り出されるのはいかがなものかと思います」

彼女は美月のことを生まれたときから見てきて、ときには乳母《うば》のように世話を焼いてきた人物なので、どうしても心に思うことを黙ってはいられないのだろう。だが、美月は慌てて手にしていたスプーンを置き、白いナプキンで口元を拭《ぬぐ》うと言った。

「田村さん、僕は平気。兄さんの仕事のお手伝いができるなら、それでいいんだから……」

本当にそう思っていたのだが、彼女は納得できないように兄のそばに立ったままで返事を待っている。認めたくはないのかもしれないが、すでにこの家の主は兄だ。彼に逆らうことは場合によっては職を失うことも覚悟しなければならない。

だが、田村くらいになれば、自分がいなくなっては家の者が困るだろうという自信もある。そして、事実彼女が他の家政婦や雑用係や運転手までしっかり教育しているから、この家の中は先の主を失っても整然としており、すべてにおいて滞りがないのだ。

「美月様は未成年です。いくら先方が希望されているからといって、接待の酒席に同席させたあげく遅くに帰宅したり、ときには翌朝までお戻りになれない日々が続くのは感心しません。

いくら将来は『アリモトリゾート』の経営に携わるといっても、今の段階からお得意様に顔繋ぎをすることなど先代も望んでは……」

田村の言葉の途中で兄がテーブルを軽く手のひらで叩いた。

「今、美月が『アリモトリゾート』の経営に携わると言ったか？」

「はい。先代はそれをお望みでしたから」

兄はコーヒーを一口飲むと、皮肉な笑みを浮かべて田村を見た。

「それは美月の母親の希望だろう。父はわたしに会社を託したんだ。そして、今はわたしが『アリモトリゾート』の最高責任者だ。会社の経営については、その人事についてもすべてわたしが決める。あいにくだが、家政婦の意見に耳を傾けるつもりはない」

「もちろんでございます。家政婦の分際で、会社経営について意見を申し上げるつもりはございませんが……」

田村の言い訳を聞き終える前に、兄がさらにきっぱりと言い捨てる。

「少なくとも、今の美月ではまともに大学を卒業できるかどうかも怪しい。無能な人材は我が社には必要ない」

自分の差し出がましい態度を叱責《しっせき》されたことより、美月に対する無能という言葉に不快感を覚えたのか、田村があからさまにその表情を曇らせる。

「旦那様、この家の嫡男である美月様をないがしろにされてはよくないと思いますが……」

老齢に差しかかる田村は、制服のようにいつも地味な白シャツと黒のスカートを身につけており、ひっ詰めた髪と薄い化粧を施した顔は能面のように感情が読み取りにくい。だが、言葉ははっきりと兄に対して敵意があった。嫡男は美月であり、克美はしょせん養子であると言いたいのだろう。

「嫡男をないがしろだと？」

兄は馬鹿馬鹿しいと言わんばかりに口元を歪《ゆが》めて笑う。

「わたしは、美月を異母弟としてこれ以上ないほど可愛がっているぞ。それに、まだ『竹下』の名前でこの家に出入りしていたときから、美月はわたしにあれほど懐いていたんだ。今も兄として信頼し、誰よりも慕っている。そうじゃないのか、美月？」

田村へのあてつけだろうが、これみよがしにこちらに視線を向けてたずねる兄に美月は小さく頷く。本当に、母方の姓である「竹下」を名乗っていたときの彼はとても優しかったのだ。だが、今となってはあれは父に取り入るための芝居だったと田村は思っているらしい。疑わしい目をその無表情で押し隠し、食べ終えた美月のミューズリーの器を無言で下げて、代わりにカットしたフルーツののったクリスタルの皿を差し出してくる。

「あの頃の優しさが本当でしたら、もう少し美月様の体調やお気持ちを気遣ってさしあげてくださいませ。差し出がましいことを申し上げるようで恐縮ですが、わたしとしましても美月様のことはお生まれになったときから見守ってきておりますので、つい言葉が過ぎてしまったなら申し訳ありません」

彼女はちゃんと分をわきまえてもいるし、引き際もわかっている。単に新しい主が気に入らないと言っているわけではない。ひとえに美月が心配なのだということで、今朝はこの話の着地点を見つけた。そして、兄もまた、人の上に立つ人間としての振る舞いを知っている。

「田村さんの気持ちはわかっているよ。ただ、我々兄弟としても父親を亡くした今、取り巻く状況は厳しい。出生や育ちなど気にしている場合ではない。同じ父の血を持つ者同士が協力してやっていくしかない状態ないんだ。だから、わたしはわたしのやれることをやる。美月には美月のやれることを、有元の人間としてやってもらっているだけだ」

そう言うと、兄は口元を拭ったナプキンをテーブルに置き、朝食を終えて席を立つ。一度部屋に戻り身支度を調えてから、出社するのはきまって朝の七時半。社長となりこの家から運転手の送迎つきで出勤するようになっても、出社時間は社員の誰よりも早い。それだけ多忙で過密なスケジュールをこなしているのだ。

タブレットを手にダイニングルームを出ようとしたとき、会釈をしている田村を振り返った兄が思い出したように言う。

「それから、出張先ではゴルフの接待があるので、ウェアと靴も入れておいてくれ」

「承知しました」

来週から兄は北米に出張に行ってしまう。海外に出ても忙しいスケジュールはいつものことで、今回もクライアントに会って商談と接待ゴルフをして一週間で帰国の予定だという。

今朝も経済ニュースに目を通し、田村に予定を告げて慌ただしく朝食を終えた兄とはゆっくり会話をすることもできなかった。同じ家で暮らすようになってからも、兄との時間が増えたと実感するにはほど遠い。美月がそのことを思って少し沈んだ表情でいると、田村は安堵《あんど》の表情とともに言う。

「よろしかったですね。来週は美月様もゆっくりできますでしょう」

彼女は兄がいなければ、美月も無理やり夜の接待の席に連れ出されることもないと思っているのだろう。第二の母親のような彼女に、美月は力なく微笑んでみせる。

田村は美月が接待に呼び出され、酒席で何をしていると思っているのだろう。おそらく彼女は真実に気づいていないだろう。知っていたら、有元家の顧問弁護士にとっくに訴えているだろうから。けれど、知っていようがいまいが仕方のないことだ。

兄は出張で海外に出ていても、必要があれば美月に電話やメールで連絡を寄こす。そして、兄の指示に逆らうことのできない美月は、言われたとおりその場へ赴くことになる。それは自分の望んでいることではない。けっしてそれをこの身も心も喜んではいない。けれど、兄がそれを望んでいるのなら従うしかない。

兄の言っていたことは事実で、祖父と父がここまで築いてきた「アリモトリゾート開発」もこの「有元家」も、守っていくためにはなりふりなどかまっていられないのが現実だ。

田村が亡き母親に代わって美月を案じてくれている気持ちはわかる。けれど、非力で無能な自分でもできることがあるとすれば、それはやらなければならないことなのだ。今は辛いと心が泣いているけれど、いつかは兄もわかってくれるはず。

彼が心の片隅で案じているようなことはない。美月にはいつか「アリモトリゾート開発」を己の手中にしようなどという野望などない。自分にはそんな才覚はないし、企業を潰して多くの従業員を路頭に迷わせることにでもなれば、それこそ亡くなった父に顔向けができなくなる。また、自分が有元家の正式な嫡男だと主張して、兄の存在をないがしろにするつもりもない。のちに認知された子どもだろうが正妻の息子だろうが、そんなことはどうでもいい。両親を失った今、血の繋がりのある兄がいたことを心から歓迎していることを理解してもらいたいだけ。そのためにも、美月は自分のできることをするつもりだ。そして、それが唯一兄とともに生きていく道だと信じているから。

美月は一人残されたダイニングルームでゆっくりと紅茶を飲むと、時刻を確認してやがて席を立つ。

「そろそろ兄さんが出かける時間だね。今朝は僕も一緒に見送りに出るから」

生前の父親が出かけるとき、母親と美月の他にも田村と手の空いている家政婦らは玄関先で見送ってきた。今は田村が鞄《かばん》を持って車まで見送る以外は誰もその場に集まらない。それは大仰なしきたりを嫌う兄の方針でもあったが、いきなりやってきて主として振る舞う若い兄に対して納得していない連中もいるということだ。

その点、田村は兄に不満はあっても仕事に関しては忠実であり、彼女なりに有元の家を大切に思っていることは間違いない。

美月には「アリモトリゾート開発」の数百名いる従業員のことを考える余裕も力量もない。ただ、有元の家に勤めてくれている者のことくらいは考えられる。できれば家で働く者皆に兄のことを快く受け入れ、支えてほしいと思っている。そのために自分ができることがあれば、どんな些細《ささい》なことでもやらなければと思うのだ。

「田村さん、兄さんはお仕事が本当に大変なんです。だから、あまり厳しいことは言わないであげてください」

家政婦に頭を下げる美月に、田村は恐縮しながらも彼女には珍しく頬を緩める。

「本当に美月様はお優しい。小さい頃からそういうお子様でしたものねぇ」

しみじみと言う彼女に美月は気恥ずかしい思いで、そんなことはないよと小さく首を横に振った。

「あっ、それから庭師の人にお願いしておいてほしいんだ。まだこの季節になっても玄関周りの白壁に、ときどき蛾《が》がとまっていたりするの。兄さんは蝶《ちょう》や蛾の鱗粉《りんぷん》が嫌いなんだ。必ず取り除いておいてあげてね」

庭木の多い家なので、どうしても虫も多い。専門の庭師と家の外回りをする雑用係を雇っていても、自然や生き物が相手では季節によって手が回りきらないところも出てくる。

「わかりました。庭師と運転手の金本《かねもと》にも気配りするように伝えておきましょう」

いくら兄のことに不満はあっても、そこはこの家を取り仕切る家政婦としてのプロ意識がある。田村は言われたことは必ずきちんとやってくれるから安心だ。

朝食を終えて美月も大学へ行く用意をするために、ダイニングルームを出て一度自分の部屋に戻る。

両親が生きている頃は何も考えることなく、与えられるものをそのまま享受していた。けれど、今はそうではないと自覚している。これまで甘えて生きてきた分だけ、自分は強くならなければならない。そして、兄のためにできることがあれば、どんなことでもやろうと思うのだ。

◆◆

家の西側の日本家屋と東側の洋館の間にある中庭には水琴窟がある。祖父がこの家を買ったときに、造ったものだと聞いている。

美月は子どもの頃からその音に耳を傾けるのが好きだった。まだ兄が「竹下」と名乗っていたときも、何度も一緒にあの音を聞いている。

あるとき、美月が手に持っていた小さなそれを水琴窟へと落とし込んだ。チャポンという音はいつもの水滴が反響する音とは少し違っていたが、それもまたいい音だった。そこへちょうど背後からやってきた竹下が美月に声をかけた。

『今、何か落としたのかい？』

『小さな石だよ』

『石？　何か光っていたように思ったけれど……』

竹下が不思議そうな顔で言うので、手を引いて水琴窟の音を聞くための竹筒へと彼を招き寄せた。そして、近くに落ちていた小石を拾うと、それを蓋《ふた》の隙間《すきま》から投げ入れる。

『ほら、こうして小さな石を落とすといつもと違う音がするの。これもきれいな音でしょう。僕、この音が大好きなんだ』

美月が得意気に言ったとき、竹下は少し身を屈めて竹筒に耳を寄せながら微笑んでいた。

『でも、あまり石を投げ入れるとカメの中がいっぱいになって、きれいな水音が響かなくなるんじゃないか？』

『うん。お母さんにはやっちゃいけないって言われてる。だから、このことは内緒にしていてね』

そう言って両手を合わせ小首を傾《かし》げてお願いすると、竹下は苦笑とともに頭を撫でてくれた。

あのときの優しい笑みが嘘《うそ》だとか演技だなんて思えない。

(嫌われてなんかいない。邪魔だと思われているわけじゃない。だって、僕もこうやってちゃんと頑張っているもの。兄さんのためになることをしているもの……)

美月は先日の夜の兄の冷たい言葉の数々を思い出しながらも、懸命に自分自身の気持ちを慰める。そういえば、近頃は兄と一緒に水琴窟の音を聞くこともない。

「おい、何を考えているんだ? 愛らしい顔をして体だけは淫らと聞いていたが、本当にそのようだな。もう前がこんなになっているじゃないか」

そんな言葉にハッと我にかえった美月は体を硬くして息を詰める。

「んんぁ……っ、くぅっ」

今夜もまた美月は男に抱かれている。北米に出張している兄からメールが入ったのは今朝で、大学帰りに指定されたホテルへ行くと、ロビーでは「アリモトリゾート開発」が父親の時代から世話になっている大手旅行代理店の取締役が待っていた。

吉村《よしむら》というこの男は今年で六十三になるが、実年齢より若く見えるのはまだまだ性的な欲望が衰えていないせいだと自らが言っている。本当かどうかは知らないが、女遊びは相当してきたようだ。

父が社長の頃は商売上で相互の利益を供与し合う関係であったけれど、兄が会社を継いでからというもの一度はその契約関係を白紙にしようとしていた。若い兄の実力を測りかねて、リスクを避けるために距離をおこうとしていたのだ。

実際、兄が「アリモトリゾート開発」を継いだのち、この手のことは取り引き関係者から少なからずあったようだ。内部の自身に対する反対勢力を押さえ込んだ兄は、まずはそういった重要な対外関係を父親の時代と同じように繋ぎとめておくことに最大限の労力を使ってきた。そのために、兄は使えるすべての手段を講じてきた。その一つが美月の存在なのだ。

父親は新しいリゾート施設がオープンすれば、顧客や関係者を集めて盛大なパーティーを開くのが常だった。母親はもともと京都《きょうと》の芸妓《げいぎ》だったこともあり、美貌で人を惹きつけるばかりかもてなしに関してもそつがない。本来なら妻だけでなくこういう場所に息子も連れて出て、さりげなく跡継ぎの顔見せをしておきたいところだったのだろう。

だが、父親は美月の体の弱さを案じてそういう場に連れ出すことはなかった。人の多い場所に出れば必ず体調を崩し熱を出して寝込むので、母親がそれをさせなかったというのもある。また、父親にしてもすでに美月を自分の跡継ぎとしては考えていなかったので、表に出す必要もなかったのだろう。

そのため、有元の一人息子である美月の存在は誰もその姿を見たことがなく、噂《うわさ》ばかりが関係者の間に広まっていた。

『若い奥さんが産んだ子がとんでもなくきれいな子らしい』

『ただ、体が弱くて跡継ぎにはならないとか……』

『深窓の令嬢ならぬ令息か。一度見てみたいものだな』

常々噂だった美月の存在が公になったのが、奇《く》しくも両親の告別式の場だった。多くの弔問客を喪主として迎えたのは兄だったが、その横にひっそりと立つ美月の姿を人々は溜息《ためいき》とともに眺めていた。

黒いスーツに身を包むと、白い陶磁器のような肌がよりいっそう強調された。それでなくても、突然の両親の死というショッキングな出来事で食事もろくに喉《のど》を通らない状態だった。

もともと茶色がかった柔らかい髪が俯き加減の額と頬にかかり、長い睫《まつげ》が涙に濡《ぬ》れて赤い唇が嗚咽《おえつ》に震える。華奢《きゃしゃ》な体がふらつくたび隣に立つ兄がそれを支え、励ますように抱き締める。それは、ずっと人前に出ることのなかった美月の衝撃的なお披露目の場となったのは事実だった。

「初めて君を見たとき、お父上がひた隠しにしてきた理由がよくわかった。不謹慎かもしれないが、あのときの君を見て思わず心が奪われてしまったよ」

そう言いながら、ベッドの上に横たわる美月の裸体を撫で回す。女遊びでは飽き足らず、美月を見てぜひ抱いてみたいと思ったのだと言う。

そんな吉村の欲望を満たすことにより、「アリモトリゾート開発」との取り引き関係もこれまでどおり継続している。美月はこうして会社を救うため、そして兄の望みを叶《かな》えるためにこの身を犠牲にしている。

もちろん辛い。こんなことはしたくない。けれど、今となってはたった一人の身内となった兄に嫌われたくはない。役立たずのお荷物だと思われたくはない。

父親の遺言には美月への遺産についても書かれていた。それによると、美月が二十歳になったときに正式な手続きを経て相続することになっている。よしんば働くことができなくても、一生困ることがないくらいの遺産だ。

だが、それを得たことによりこの家から出て自立するように促されたら、美月はその日からどうすればいいのかわからなくなる。こんな自分に何ができるのだろう。

大学を出て自分が「アリモトリゾート開発」の社員となったところで、兄を助けることができるとは思っていない。社会も世間も知らなければ、企業勤めの厳しさなど美月に耐えられるわけもない。だからといって、両親が亡くなった今この先何もしないで暮らしていけるとも思っていない。

兄はそんな美月の不安に気づいていて、有元の家に入って間もなく言ったのだ。

『おまえがこの家でできることは一つだけだ。これからもここで暮らしていきたいなら、せめてその顔と体でやれることをやれ』

知恵も力もないのだから、結局はこうするしかなかったのかもしれない。美月は男の愛撫《あいぶ》の感触に背筋を震わせながらもじっと耐える。

「本当になんて愛らしいんだろうな。女など目じゃない。君の体は一度抱いたら忘れられなくなる」

どの男も同じことを口にする。美月は誰の言葉も嬉しくはない。けれど、そんなことを口にして相手の機嫌を損ねては大変なことになる。もし自分が粗相をして、兄の仕事に支障をきたすようなことがあれば叱《しか》られてしまうし、役立たずと呆《あき》れられ嫌われてしまう。

「さぁ、今夜は何をして楽しもうか。たまには君がねだる姿が見たいものだな。従順なのはいいんだが、どうも人形を抱いているような気になるのが玉に瑕《きず》だ」

「ごめんなさい。僕、上手にできなくて……」

美月が裸体を捩《よじ》ってか細い声で言うと、吉村はまた淫靡《いんび》に頬を緩める。

「そういう初々しさはたまらないがね」

まだ穢れが染みついていない体を弄《もてあそ》ぶのが楽しくて仕方がない。吉村はそう言って裸の美月を余すところなく撫で回し、淫らなポーズを取らせる。羞恥に震える姿を見ては喜び、美月のけっして大きいとは言えない色素の薄い性器を勃起《ぼっき》させてはまた喜ぶ。

「ほら、今度は後ろも解《ほぐ》してやろう」

「あっ、そ、それは……」

さんざん恥ずかしい姿をさらしてきても、排泄器官であるそこを嬲《なぶ》られるのは別の羞恥が込み上げてくる。だから美月は自分の手でやれるとやんわり断るが、吉村はそれを許してはくれない。

「ほらほら、遠慮しなくていい。わたしのものをちゃんと呑《の》み込めるようにしてやろう。女と違ってきついから、ちゃんと柔らかくしておかないと辛い思いをするのは君だよ。ああ、それとも何か。君は本当は痛くされるのが好きなのか？」

美月はそうじゃないと慌てて首を横に振る。

「痛いのはいやです。痛くしないで……」

怯える声で言うと、また劣情が駆り立てられたように吉村が笑う。

「そうだろう。だったら、ちゃんと尻《しり》を持ち上げなさい」

言われるままに、美月はうつ伏せて白く小さな尻を大谷に向かって差し出す。吉村はそこを手のひらで撫でてから、強引に双丘を割り開く。

「君は肌が白いから、ここだけピンク色なのがとても目立つ。ほら、中も見せてもらうよ。中はもっと赤くて愛らしいからね」

「うう……っ、あっ、んく……っ」

大きく分け開いたそこに潤滑剤をつけた指を押し込んでくる。そして、その描写を楽しそうに語るので、美月の前が否応なしに反応してしまう。

「やっぱりそうだ。前からそうじゃないかと思っていたが、君は羞恥に敏感だな。恥ずかしがれば恥ずかしがるほど興奮してしまうんだろう？」

「違う。違うから……っ」

なのだ。

美月が泣きそうな声で言う。だが、体はそれを認めてしまっている。本当に美月の体はそう

「だったら、もっと恥ずかしいことをしてやろう。もっと淫らなことをして、喜ばせてあげないとな」

吉村は新しい遊びを見つけてすっかり興奮している。美月はこの男の遊びにつき合わされて、さらに惨めな姿をさらすことになる。

その日は吉村の仕事の都合で、夜の十時には解放された。それでも夕刻の六時から食事をしたのち、たっぷり三時間は相手をさせられたのだ。美月はもうぐったりとしてベッドから下りてシャワーを浴びるのも精一杯だった。

「本当は一晩かけてゆっくりと可愛がってやりたかったんだが、今夜はどうしても人と会わなければならなくてね。まったく、芸能人ってやつはわがままで面倒だ」

吉村の会社が今度CMで起用する人気若手女優との顔合わせがあるらしい。相手は売れっ子なので、こんな時間にしかアポイントメントが取れなかったという。本来なら吉村のほうがクライアントなのだが、向こうが飛ぶ鳥を落とす勢いのタレントの場合、しばしば立場が逆転するようだ。

そんな吉村の事情などどうでもいいが、とにかく泊まりにならずにすんだのがありがたかった。一泊して帰れば翌日には寝込むことが多い。他人とベッドをともにして熟睡などできるわ

けもなく、泊まりとなれば必然的に抱かれるときも無体な真似をされることになるからだ。

それに、家政婦頭の田村がいい顔をしないのはわかっているし、彼女の兄への不満を宥めることにもまた配慮しなければならない。

「タクシーを使うかね？」

一緒に部屋を出たところで吉村に聞かれたので、美月は自分の携帯電話を出して家に連絡を入れる。克美が海外出張中なので、家の運転手の手が空いている。タクシーよりは彼に迎えにきてもらうほうがいい。

ロビーで吉村と別れ、二十分ほどで有元家のお抱え運転手である金本がやってきた。

「美月様、お待たせしました」

「こんな時間にごめんなさい」

本当なら兄のいない間はゆっくりしていられるはずなのに、急に呼び出してしまい申し訳ないことをしたと思っていた。だが、金本には兄から田村を通して連絡が入っていたらしい。

「今夜は美月様がお客様と会われるとのことで、いつでも迎えにいけるようにしておくようにと伝言を受けていましたので大丈夫ですよ」

丁寧に頭を下げると、車を停《と》めた場所へと美月を案内する。金本はもともとタクシーの運転手をしていたのだが、四十代の半ばで体を壊しタクシードライバーの激務には耐えられなくなり今の仕事に転職して十年になる。

運転の技術は間違いなく、無駄口はきかないが愛想が悪いわけでもない。職探しで困っているときに悪くない賃金で雇ってもらい、美月の父親には家族ともども感謝していると常日頃から言っている。それは父親が亡くなった今も同じだ。ただし、彼もまた兄に対してはあまり快い感情は持てないようだ。

「それにしても、美月様はまだ学生だというのに、旦那様も自分の留守に無理をおっしゃいますね」

「これくらいしか僕にはできないから」

「そうは言いましても、お体が大変じゃないですか？」

金本は心配そうにバックミラーで後部座席に座る美月を見る。

「そんなことはないよ。一緒にお食事して世間話をしているだけだから。相手の方も僕の体を気遣って、無理のないようにしてくれるからね」

美月が言うと、金本は少し安堵したように笑みを浮かべる。

「先代からのおつき合いのある方は皆さん紳士でいらっしゃいますからね。美月様のことも可愛がってくださるんでしょう」

何も知らない金本にすれば、美月の体を貪《むさぼ》っている連中も紳士に見えているらしい。もちろんそんな誤解はそのままにしておき、美月も力なく相槌《あいづち》を打つ。だが、金本の不満は他の部分にあるようで、少し悩ましげに首を振る。

「それにしても、どうもわたしは新しい旦那様のやり方が納得できません。以前に出入りしていたときはとても誠実そうな人だと思っていたのに、『有元』を名乗るようになってから人が変わったようで……」

それは田村をはじめ、家で働く者が誰でも思っていることだろう。だが、金本は元来正直すぎるところがあるので、自分の思っていることをこうして口にしてしまうのだ。

「兄さんのことを悪く思わないでください。誰だってあんなふうに突然会社を引き継ぐことになれば困惑すると思うんです。社内でもたくさんの軋轢《あつれき》があっただろうし、本当に大変な中で『アリモトリゾート開発』をなんとか守ってくれているんです」

「あっ、いや、もちろんです。本当にお若いのに、先代の跡を継がれて頑張っておられると思うんですよ。それはそう思うんですが、どうにも美月様に対して冷たいようでそれが気になっているんです」

金本の不満は有元の家の中での兄の振る舞いなのだろう。特に、以前に比べて美月に対する態度が豹変《ひょうへん》したことは、田村と同様に納得できないでいるのはわかる。

「それも、兄さんの立場からすれば仕方がないのかなって思うんです。母親が違うとはいえ兄弟となったかぎり、身内に甘い態度を取っていては周囲に示しがつかないでしょう。それでなくても僕は甘やかされて育ったから、これからは保護者としてしっかり僕の面倒を見なければならないと思っているだけだと思います」

「そうだとしてもですねぇ、もう少し美月様に優しくしてくだされればいいですけど……」

やっぱり腑《ふ》に落ちないといった様子で金本は家へと車を走らせる。

「僕は平気です。両親が死んでしまってこの世で一人ぼっちになってしまったと思ったけれど、兄さんがいてくれてどれだけ心強く思ったかわからない。だから、会社を守るために懸命に頑張ってくれている兄さんの力になりたいんです」

美月がそう言って微笑むと、金本はもう言葉がないといった様子で黙り込む。誰にわかってもらえなくてもいい。美月は兄を信じている。兄が美月に厳しいのは、身内として真剣に将来を考えてくれているから。両親を亡くし保護者代わりとなったかぎり、甘やかしてばかりでは美月自身のためにならないと思っているのだ。

それでも、兄の本質はきっと変わらない。一緒に庭で水琴窟に耳を傾け、優しく微笑んだあの頃の兄と変わらないはず。そして、美月がいい子にしていれば、兄もいつかはわかってくれるだろう。

すっかり秋になって、夜空の月がとてもきれいだ。美月は車の窓から空に浮かぶ黄色い月を眺める。先週の金曜日は美月の誕生日だった。「美月」という名前も、月がきれいな秋に生まれたから母親がそう名づけてくれた。

けれど、その日兄は地方へ出張に出ていて、家では田村たちがささやかに祝ってくれた。金本も彼の地元の神社でもらい受けたという健康祈願のお守りをくれた。ちゃんと見守ってくれる人はそばにいるけれど、美月が心からそばにいてほしいと思うのはやっぱり兄以外にはいない。

一週間の北米の出張から戻った兄は、いつになく機嫌がよかった。おそらく向こうでの商談がうまくまとまったのだろう。

どういった事業が社内で進められているのか詳しいことは知らない美月だが、兄の電話の内容や取り引き先の相手をしたときに漏れ聞いていることはある。

現在、社をあげて力を入れているのは、信州のとあるエリアの開発事業だ。北米の企業が日本の信州に富裕層向けの別荘地の開発を計画しており、そこのリゾート施設の整備事業に「アリモトリゾート開発」も名乗りを上げているという。

それは父親が昨年の事故で亡くなったため、いっときは撤退を余儀なくされたものの、現在企業体制を整えたところで再度参入を画策している案件だった。金額の規模はかなり大きい。成功すれば「アリモトリゾート開発」の名前は北米での信頼を得て、そのブランドを定着させることができる。

兄にとってもこれは自分の力を内外に示す大きな賭《か》けだ。成功すれば、兄が父の跡を取ったことに未だ不平不満を口にする者を完全に封じ込め、「アリモトリゾート開発」の三代目としての実力を文字どおり知らしめることができるだろう。だが、失敗したらそれは企業としてもダメージが大きく、また内紛の火種を抱えることになりかねない。それだけに今回の北米出張が成功した様子を見て、美月もまた内心安堵の吐息を漏らす。

周囲の誰もが兄の美月に対する態度の豹変ぶりに陰口をきいてはいるが、兄としてもけっして気楽な気持ちで企業を引き継いだわけではない。

強烈なカリスマ性と抜群の経営センスを持っていた父親の跡をこの若さで継ぐということは、それこそあらゆるものを犠牲にし、ときには非情になり、利益追求をしなければならないのだ。だからこそ、美月だけはそんな兄の苦悩を理解してあげたいと思っていた。

「兄さん、あちらでのお仕事がうまくいったんでしょう？　きっと父さんも喜んでいると思うよ」

その日の夜、いつも夕食のあとにブランデーを飲む兄のため、美月は彼の書斎まで水の入ったピッチャーと氷の入ったグラスを運んでいった。本来は田村の役割だが、体調のいいときは美月がそれを持っていくようにしている。そうすれば、少しでも兄と一緒に過ごす時間が作れるからだ。

今夜は機嫌のいい兄は、いつものように美月を邪険に扱うことはなかった。気に入っているステムのない丸いグラスを手のひらで包み、ゆっくりと琥珀《こはく》色の液体を回しながら美月のほうを見ずに言う。

「おまえもうまくやったようじゃないか。吉村から来月早々にもまた時間を作るから、おまえをホテルに寄こしてくれと言ってきたぞ」

「兄さんがそうしろと言うなら、僕はいつでも……」

もちろん美月はいやだが、兄のためになるならなんでもできる。だから、小さな声でそう答えながら、氷の入ったグラスにチェイサー用の水をそそぐ。そして、それを兄が座っているデスクに置いた。用事はこれだけなのだが、美月はその場に立ったまままおずおずとたずねる。

「あの、もう少しここにいてもいい？」

兄はチラッとこちらを見たかと思うと、すぐに読みかけの本に視線を戻し素っ気なく言う。

「勝手にしろ」

許可を得たことに安堵して、美月は部屋の片隅にある小さなスツールに腰かける。三つ叉《また》の猫足で茶色い革張りのスツールはアンティークで、この書斎に似合うものをと父親がわざわざイギリスから取り寄せた一品だ。それ以外にも、この歴史のある家に相応《ふさわ》しい家具を父は買い集めてきて、兄もそれらは気に入っているようで改築後も使い続けている。

兄がまだ「竹下」を名乗っていたときは、一週間に一度会えるかどうかという頻度だった。美月はそれをいつも心ときめかせて待ちかねていた。

今は同じ苗字になって一つ屋根の下に暮らしていて、以前に比べれば一緒にいる時間が増えたはずなのに、あの頃よりも離れている時間が寂しい気がする。それはやっぱり心が遠く感じられるからだろうか。美月はふとそんなことを思って、デスクでブランデーグラスを傾けながら本を読んでいる兄を見つめる。

「あのね、兄さん、僕は……」

機嫌の悪いときは読書の邪魔をするなら出て行けと言われるが、今夜はそんなこともない。たったそれだけのことが嬉しくて、美月は兄と二人きりの時間に心をときめかす。

周囲に人がいれば、兄は美月に厳しい態度を取る。けれど、二人きりのとき、機嫌がよければ少しは彼の本当の心を見せてくれるような気がするのだ。

「この家でずっと兄さんと一緒に暮らしたいんだ。他に何も望んでいないから、それだけは信じてね」

兄はブランデーグラスをデスクに置くと、読んでいた本から視線を上げる。そして、いつもの皮肉っぽい笑みを浮かべてから、小さく肩を竦《すく》めてみせる。

「いくらおまえがそう言っても、回りの人間はどうかな？　目障りな三代目を失脚させて、正妻の無能な息子を社長に祭り上げ操り人形にして、自分たちのいいように会社を喰《く》いものにしようと企《たくら》んでいる連中もいるんじゃないのか？」

「そんな人がいても、僕には関係ないから。だって、会社のことはわからないもの」

「関係ないし、わからないだと？　これだけのものを親から残されておきながら、どこまでも無責任で気楽なものだな」

それを言われると返す言葉もない。美月はまだ十九歳になったばかりだし、世間の十九歳に比べてもはるかに世間知らずなのはあきらかだ。日々の何一つ不自由のない生活も誰のおかげなのかと問われたら、亡き両親に感謝するしかないし、今はそれを継いでくれた兄に従うしかないのだ。

「経営のことばかりじゃない。この家の連中もおまえに同情的で、俺には少々鬱陶《うっとう》しくもある。まぁ、いざとなれば暇を出すだけだがな」

目障りなものは排除する。少々強引であろうと、兄はそのやり方を貫くしかないと思っているようだ。兄がそれを望むなら、もちろん美月は止めるつもりはないし、それに従うだけだ。ただ、長らくこの家で勤めてきた彼らは間違いなく「有元」のことを思っていてくれるし、信用できる人たちだけに大切にしたいと思う気持ちもある。

「僕は母さんに甘やかされて過保護気味に育ったから、今はいろいろと世の中のことを勉強していると思う。でも、田村さんは母さん以上に過保護なところがあるのかもしれない」

「おまえがどんなふうに社会勉強をしているか、本当のところは知らないだろうがな。もっとも、田村もあの歳だ。真実を知ったらショックを受けて、心筋梗塞《こうそく》でも起こすんじゃないか。今となってはすっかりおまえの母親代わりのつもりでいるからな」

多分にそういうところはあるだろう。押し殺した笑いとともに兄が言うとおり、美月の社会勉強はけっして人に言えたようなことではない。取り引き先の相手に体を与え淫らな真似をしている。田村がいくら何にも動じない女性だとしても、真実を知ればさすがに平静ではいられないだろう。

世の中の母親というものは、皆自分の子どもに対しては無償の愛情をそそぐものなのだろう。田村は結婚もせずに有元で働いてきたため、いつしか美月が自分の息子のような気持ちになっていったのも無理はない。

そのとき、美月はふと思い立って兄にたずねる。

「あの、兄さんのお母さんはどうしているの？　元気にしているの？」

兄の母親のことはちゃんと聞いたことがない。家政婦たちの噂話を立ち聞きしたところによると、兄の母親というのは銀座のホステスをしているときに美月の父と知り合い、婚姻関係を持たないまま妊娠して出産したという。

その後は夜の商売をしながら女手一つで息子を育ててきたということだったが、父親が認知したとき兄は彼女の籍から抜けたと聞いている。すでに未成年ではなかったので親権の問題はなく、戸籍上どちらの姓を名乗るかという問題だったようだ。

兄が「竹下」から「有元」籍に入ったのが二十四歳のときだと聞いている。兄の母親にしてみれば、それまで苦労して育ててきた一人息子を手放すのはさぞかし辛かったに違いない。それでも、息子の将来と幸せを思っての選択だったのだろう。

兄はそんな母親と今でも会っているのだろうか。もし彼女が経済的に恵まれていないようなら、陰ながらそれなりの援助はしているのかもしれない。

美月にしてみれば、それについていっさい文句を言うつもりもなかったし、兄が実母を援助をするのは当然のことだと思っていた。ところが、母親の話を持ち出した途端、兄の機嫌が悪くなった。それは彼の発した、腹の底から吐き捨てるような低い声でわかった。

「おまえには関係ないだろう」

「えっ、で、でも……」

美月は自分がしくじってしまったことに気づき、慌ててその場を取り繕おうとする。けれど、うまい言い訳も兄の興味を引くような話題も思いつかない。そうするうちに兄は本を閉じて椅《い》子《す》から立ち上がると、意地の悪い視線とともに美月のそばまでやってくる。

「おまえの母親も芸妓だったんだろう。だったら、夜の世界で生きる女がどんなものか少しはわかっているんじゃないのか？　もっとも、正妻に迎えられた女と捨てられた女じゃその後の生き様も天と地のごとく違って同然だがな」

目の前に立つ兄の顔を見上げ、美月はスツールに座ったまま体を硬くする。そんな美月の顎に手が伸びてきて、強引に顔を持ち上げられる。

「よけいなことを詮索《せんさく》せずに、俺の言ったとおりにしていればいい。そうすれば、この家にいられるようにしてやる。だが、あまり目障りな真似をするようなら俺にも考えがある」

それは、邪魔になった家政婦のように美月もこの家から追い出すということだろうか。それだけはいやだと、兄のきつい言葉にガクガクと首を縦に振った。すると、その様子を見てとりあえず満足したように不敵な笑みを浮かべてみせる。

今夜は気分がよくてブランデーが進んでいたようで、兄はそのまま美月の頬を手のひらで撫でてきた。そして次の瞬間、緩んだ頬が戻りひどく怪しげなものを見るような目になる。

「幼少の頃から少々ぼんやりしているところがあったが、相変わらず人形のような顔をして本当は何を考えているんだ？　どうせよからぬことを企んでいるんじゃないのか？」

少し酔っていて、探るような低い声だった。これ以上兄の機嫌を損ねたくなくて、美月は焦って訴える。

「何も、何も企んでなんかいない。僕は兄さんのことだけを考えているもの……」

「嘘をつけ。どこまでも油断のならない奴め……」

兄は美月のことを疑いすぎるし、買いかぶりすぎているのだ。美月はいいことを企む知恵もなければ、ましてよからぬことを企めるほど利口でもない。本当に兄のことしか考えていないし、一人になりたくないだけなのだ。

そのことを訴えるには美月の言葉はあまりにも拙《つたな》い。だから、この気持ちが伝わればいいとじっと兄を見上げるばかり。信じてほしいと無言で訴えるしか術がない。

「美月……」

　不用意なことを言って怒らせてしまったかと思ったが、やっぱり今夜の兄は機嫌がいい。頬を撫でていた手がゆっくりと首筋に下りていき、美月の着ているシャツの中へと潜り込んでくる。

「吉村には何をされた?」

　聞かれた美月があのときの羞恥を思い出して頬を染める。恥じらい拒んでも、淫らな自分を話してみろと兄は言う。だから、美月は仕方なくそのときのことを話して聞かせる。

「あの人は僕に恥ずかしい格好させたがるんです。後ろもわざとゆっくり解して、僕が聞きたくないことを口にするし……」

　だから嫌いだと言いたかった。けれど、そう言う前に兄がさらにたずねる。

「興奮したのか?　それでおまえは感じたんだろう?」

　美月は首を横に振ったが、そんな嘘が通じるわけもない。

「正直に言えよ。おまえが淫乱なことは俺が一番よく知っているんだ」

「だって、目を閉じていたら兄さんのことを思い出したから……」

　誰に抱かれるときも、美月は必ず目を閉じて兄のことを思う。触れている手も指も、唇も舌も全部兄のものだと思えば誰のどんな仕打ちにも耐えられるから。

「血を分けた兄に欲情しているのか?　まったく、どうしようもない淫乱だな」

そのとおりだ。だから、美月は潤んだ瞳で兄を見上げて懇願する。

「だって、最初に兄さんが……」

「最初に俺がどうしたっていうんだ?」

兄は口元を歪めて嘲るような笑みを浮かべ、わざとしらばっくれている。でも、本当は美月が何を言いたくて、何を望んでいるかわかっているはずだ。そして、本当は兄だってそれがほしいと思っているはず。

「な、なんでもない。なんでもないから、お願い。僕に、僕に触って。兄さんの手で触ってほしいの……」

美月はせつない思いとともにそう言いながら、身につけているシャツのボタンを一つずつ外す。シャツの前がはだけて、そこへ兄の手を導いていく。機嫌が悪ければ、汚らわしいもののように突き飛ばされるところだ。もちろん、それも覚悟している。だが、今夜はその手がさらにシャツの奥へと伸びていき、美月の体をゆっくりと撫でていく。

「ああ……っ」

思わず甘い吐息を漏らした。この手が美月に最初の愛を教えた。けっして忘れることはない。そして、あれが気まぐれや悪戯《いたずら》だったとは思わない。よしんばそうであったとしても、美月はもう囚われてしまったのだ。そこから逃れる術はなく、逃れようと思ってもいない。それなのに、兄はそんな美月を見て忌々しげに現実を叩きつける。

「半分とはいえ血の繋がった兄を誘惑する気か？　おまえは弟なんだよ。性別の問題じゃない。弟なんか抱けるものかっ」

「いやだ、克美兄さん……っ」

美月が兄の名前を呼ぶ。それは、そんな心にもない冷たいことを言わないでと暗に兄の嘘を責めている。

初めて彼が美月を抱いたとき、まだ「竹下」と名乗り彼との血の繋がりなど想像もしていなかった。けれど、兄はすでに真実を知っていたのだ。すべてを知っていて、それでも抗《あらが》うことができずに美月をその手に抱き締めたのだ。

美月に初めて出会ったとき、彼は優しく微笑みかけてくれた。それから幾度となく手を繋ぎ、頭を撫でてくれた。美月は彼の温《ぬく》もりに心地よさを覚え、彼もまた美月をその手にそっと抱き寄せてくれた。

そして、やがては一線を越える日がやってきた。そのときでさえ美月はまだ彼が異母兄であるとは知らなかった。兄だけが真実を知りながら、美月の体を貫いたのだ。あのときの高ぶりが嘘だったとは思わない。気の迷いだとか気まぐれだったなんて言ってほしくない。

美月はあのときからずっとこの温もりだけを信じてきた。そして、今でもほしいのは同じ温もりだけ。だから、もう一度美月は兄を呼んだ。

「兄さん……」

今度は甘く求めるように囁《ささや》いた。その声に兄は苦渋の表情を浮かべながら、やがて唇を美月の唇に重ねてくる。何も怯えることはないのだ。禁忌は静かに深まりゆく秋の夜が、すべてを闇《やみ》で覆い隠してくれる。そのことを知っているのは美月だけではない。兄もまたそれを誰よりもよく知っているはずなのだから……。

◆◆

あれは美月《みつき》が十六歳になったばかりの秋だった。まだ両親も健在で、兄は「竹下《たけした》」と名乗っていてこの家に出入りしていた。

その日は週末だったが、両親は地方都市の新たなリゾート施設のオープニングセレモニーに列席するために不在だった。家政婦も週末は休日を取っていて、家にいるのは住み込みの田村《たむら》だけ。

その年の夏はひどく暑い日々が続き、残暑も厳しく美月はたびたび寝込み、自宅学習さえ滞るような有様だった。このままでは二学年への進級も危ぶまれて、父親は竹下に週末は泊り込みで美月の勉強を見てやってくれと頼んでいたのだ。

竹下のことを好いていなかった母親は家庭教師にきてもらえばいいと言っていたが、美月が竹下のほうがいいとせがんだので彼女もしぶしぶ折れた。今にして思えば、母親は竹下が父の血を引く子どもだと知っていて、この家の出入りを快く思っていなかったのだ。

母親は、できることなら「アリモトリゾート開発」は自分の息子に継がせたいと思っていた。もし美月が健康で学業にも不安がないようなら、無駄な心配はなかっただろう。だが、自分が産んだ子はあまりにもひ弱で跡継ぎには不適格だとわかっていた。

溺愛《できあい》する息子の行く末を思う母親の気持ちはわかる。だが、経営者としての父親はどこまでもシビアだった。おそらく、母親は父親から美月に企業を継がせるつもりはないと、どこかの時点で言われていたのだろう。

そうなると、企業の跡を取るのは父親の血を引くもう一人の息子、すなわち竹下ということになる。父親が竹下に目をかけていることも、彼がしょっちゅう家に出入りするのも、彼女にしてみればさぞかしもどかしくも腹立たしいことだったのだろう。

だからといって、あからさまに竹下に嫌がらせをしたり、美月から遠ざけようとしたりできなかったのは将来のことを考えていたからだ。そんな真似《まね》をして、将来竹下が企業のトップに立つことになれば、今度は自分が痛烈なしっぺ返しを受けることになるかもしれない。

自分はともかく、美月がそれで辛《つら》い思いをしたら困るという母親ならではのささやかな知恵と計算はあったのだろう。

だが、当時はそんな事情など知る由もない美月は、週末を竹下とともに過ごせるというだけで嬉《うれ》しくてどうしようもなかった。それだけのことで興奮してまた熱を出してしまい、田村を心配させたくらいだ。

微熱のある美月は例によって一階の和室の客間に寝かされて、竹下もまたそばに寝床を作ってもらっていて、一晩美月の様子を見ながら同じ部屋で眠ることになった。

昼中寝たり醒《さ》めたりの状態でいたため、夜になって体を拭《ふ》いてもらったあとはなんだか目が冴えて眠れなくなってしまった。そんな美月が隣の寝床に横たわる竹下を見ると、彼もまただ眠ることなく枕元《まくらもと》のスタンドの明かりで本を読んでいた。

『眠れないのかい？』

優しく問われて、美月は甘えるように手を伸ばした。両親が不在だと思うと、なんとなく心細くて手を握っていてもらいたかったのだ。竹下は甘える美月を見れば、いつも優しく微笑《ほほえ》んでくれる。呆《あき》れたり馬鹿にしたりしない。それだけでこの人は味方なんだと思えた。

そして、彼はいつも美月の願いを叶《かな》えてくれる。このときも伸ばした手をしっかりと握ってくれた。けれど、その夜はそればかりではなかった。すでに十六歳にもなった自分だから、駄目だと言われても仕方がない。そう思いながらも寂しいから一緒に眠ってほしいとねだれば、竹下は苦笑とともに美月の寝床に自分の体を滑り込ませてきた。

子どもの頃から何度も手を繋《つな》いだり抱き上げてもらったりしてきたけれど、その夜の美月は初めて竹下が大人の男なのだということを感じた。

ひ弱で未熟な美月とはいえ、十六歳にもなれば少しずつ心とともに体も成長してきた。性の目覚めも明確に意識するようになっていた。木の枝の紙飛行機を取るために抱き上げてもらったときとは違う。もっと生々しく竹下という男に興味を持つようになっていたのだ。そんな彼がぴったりと体を寄せて一緒の寝床にいる。美月にしてみれば興奮しないわけがない状況だった。

気持ちと体の高ぶりをごまかすように布団の中で体をもぞもぞと動かしたとき、竹下の二の腕や太腿《ふともも》に触れて美月の下半身が唐突に大きく脈打った。その頃にはすでに自慰も覚えていたし、この衝動が何かわかっていた。そして、もちろん大人の竹下もその意味をすぐに察したようだった。

『好きな女の子はいないの？』

頰《ほお》を緩めながらたずねる竹下に、美月は首を横に振るしかない。友達もいないのに、ガールフレンドや彼女など考えたこともなかった。すると、竹下にしては珍しく悪戯《いたずら》っぽい笑みとともに、美月のそばに顔を近づけてきた。ドキッとして美月が体を緊張させていると、竹下の手が頰を優しく撫《な》でてから確認する。

『じゃ、キスもしたことないんだね？』

もちろんないと首を横に振れば、思いがけない言葉が耳元で囁《ささや》かれた。

『してみたいかい？』

一瞬目を丸く見開いたけれど、すぐに小さく頷《うなず》いた。本当に興味があったし、竹下とならそういうことがしてみたいと素直に思ったのだ。

現実のものとなってみれば、それは想像をはるかに超える気持ちのよさだった。竹下は歳《とし》の離れた兄のつもりで、美月に性的な手ほどきをしてくれただけかもしれない。けれど、美月にしてみれば心ばかりか体も彼に夢中になるのに充分な経験だった。

それからというもの、美月は別の意味で竹下に甘えるようになった。そして、竹下もまた少しずつ父親の部下という立場から踏み込んで、美月の体を割り開いていった。

キスから触れて果てる行為を何度か繰り返したのち、やがて二人が一線を越えるときがきた。それは美月が十七歳の誕生日を間もなく迎えようとしている頃だった。

その頃になると竹下が美月のお守役として家にくるのは当たり前のようになっていて、週末ならば宿泊していくこともまた当然のようになっていた。

そのときは両親が海外に出ていたこともあり、竹下は一週間を通して家で過ごしていた。朝はここから出勤し、会社で不在の社長の代理として仕事をこなしながら、夜は家で美月の勉強を見てくれて一緒に食事をして過ごす。

社内ではまだ竹下が芳美《よしみ》の実の息子と知らない者がほとんどで、社長の一家に取り入ってうまくやっていると妬《ねた》みや嫉《そね》みを受けることもあったようだ。だが、家では美月の機嫌や体調がよくなることで、田村たちもおおむね竹下を快く受け入れていた。

竹下が家に泊まっていくときはいつもどおり一階の和室の客間を使っていたが、深夜になると美月は洋館の二階の自室から抜け出してきて客間に行った。理由はなんでもよかった。寂しくて眠れない。怖い夢を見た。風の音に目を覚ましてしまった。そんな理由でこっそりと彼の寝床を訪ねれば竹下はたいていまだ起きていて、枕元のスタンドをつけて会社の書類を読んでいたり、ノートパソコンでメールの確認をしていたりした。

美月がやってくると仕方なさそうに苦笑を漏らす。けれど、追い返すこともなく自分の寝床に美月を招き入れてくれるのだ。

やがて竹下が枕元のスタンドのスイッチを消すと、暗闇《くらやみ》の中で美月は彼の体に自分自身を摺《す》り寄せる。竹下もすでに美月の求めているものはわかっている。彼がまだキスさえ知らなかった美月に性的な喜びを教えた本人なのだから。

それでも、竹下には葛藤《かっとう》があったと思う。ただ、それは社長の息子によからぬ遊びを教えてしまったという後悔だと思っていた。だが、実はそうではなかったのだ。彼の複雑な胸の内にあったものは、半分とはいえ同じ血を持つ異母弟にこんな淫《みだ》らな真似をしてもいいものかどうかだったのだ。

『もっと知りたい。ちゃんと最後まで……』

ねだったのは美月だった。ここまで彼の手で教えられて、もっと知りたいと思うのは当然だ。

どんなに虚弱で晩生《おくて》であっても、性的な欲求や好奇心は人並みにある。そして、何より美月は竹下のことが好きだった。

あまりにも狭い世界でしか人との触れ合いのない美月だったが、それでもなぜか彼とはとても魂が近いような気がしていた。あるいは、この先も狭い世界で生きていく自分にとって、彼という存在がきっと大切になるということを本能で気づいていたのかもしれない……。

本当の意味で大人になったあの日のことは、今でも鮮明に思い出せる。美月にとっては人生においてあまりにも特別な夜だったから。

ちょうどキスを教えてもらった日のように両親は不在の夜だった。それだけではない。その週末は田村の姪《めい》の結婚式があり、彼女も外出の予定になっていた。竹下は美月の面倒は自分が見るからと田村を結婚式に送り出した。その頃はまだ家政婦たちの間でも竹下に対する印象は悪いものではなく、彼になら美月の世話をまかせてもいいと思ったのだろう。

土曜日の午後から田村は出かけ、通いの家政婦も夜には帰宅した。金本《かねもと》は緊急な呼び出しに備えて近くに借りているアパートに寝泊りしていて、家にいるのは竹下と美月の二人だけとなった。

誰もいない広い家に二人きりなのだ。それだけでも期待にチリチリと胸が痛むほどだった。竹下に教えられたことは、キスにしても愛撫《あいぶ》にしても充分すぎるほど刺激的だった。けれど、それ以上のことがあると知るのに、微塵《みじん》の抵抗もなかった。他の誰でもなく竹下が教えてくれるなら、どんなことでもしてみたい。

「もっと知りたい。ちゃんと最後まで……」

美月の言葉に微笑みながら頷いた竹下の手が、浴衣《ゆかた》の帯を解《ほど》き前を開いていった。下着はつけていなかった。寝間着として幼少の頃から母親の縫った浴衣を着せられていて、当たり前のように寝るときには下着はつけないものだと思っていた。

中学に上がる頃にはそれが一般的ではないと知ったけれど、身についた習慣は簡単に変えられない。そんな美月の股間《こかん》を見て、竹下は優しく微笑んだ。

「あんまり見ないで……」

そのとき、美月は羞恥《しゅうち》というものの本当の意味を知ったと思う。そして、それがものすごく刺激的だということも知った。

「色が白くて、女の子のようだね。いや、君はまるで腕のいい職人が作った人形のようだ。生きているのが不思議なくらい、何もかもがきれいで愛らしい」

竹下の言葉に美月は生まれて初めて自分の容姿を自慢に思った。彼が好きでいてくれるなら、他の誰になんて思われてもいい。

彼の手が美月の全身を撫でていき、股間のものを握ってわずかにそれを上下させた。それだけで美月は果ててしまいそうになったが、それを察した竹下は素早く根元を握り美月の射精を止めた。

「いい子だから、もう少し辛抱して。最後まで知りたいなら我慢するんだよ」

若く未熟な体は股間への刺激だけで簡単にいってしまいそうになっていたが、それ以上に最後まで知りたいという欲望のほうが強かった。

「う、うん、が、我慢する……っ」

言葉では言ったものの、せき止められている感覚が苦しくて、どんどんと息が荒くなっていく。そんな様子を見て、あまり美月に無理を強いることをするまいと思ってくれたようだ。彼は股間を押さえながらも上手に美月の体をうつ伏せにして、下腹のあたりに枕を挟み込んだ。それによって尻《しり》を少しだけ浮き上がらせ、片手で器用に双丘を分け開いて窄《すぼ》まりを探り当ててくる。

「ああ……っ、うぁ、あん……っ」

何か濡《ぬ》れた感触があって、いきなり体の中に竹下の指が潜り込んでくるのがわかった。それは想像以上に不思議な感覚だった。もちろん圧迫感と鈍痛も伴っていた。けれど、指はそこの状態を確かめながらも増やされていく。

潤滑剤の濡れた音がして、耳からの刺激にも高ぶることを知った。でも、何もかもすべては竹下が与えてくれるものだからこんなにも感じてしまうのだと思った。

強すぎる刺激と何度もせき止められる射精。身悶《みもだ》えながらも美月はもう頭の中が真っ白になっていて、何も考えることができなくなっていた。全身がただ快感のうねりに翻弄《ほんろう》されるようだった。

そして、ついに竹下自身があてがわれ、美月の硬くまだ穢《けが》れを知らないそこが押し開かれた。

「あひーっ、ひぃ、ひぃーっ、ああ……っ」

今夜はこの家に誰もいなくてよかったと思うほど、悲痛な悲鳴を上げた。けれど、竹下はやめなかった。そして美月もどんなに声は上げても、「やめて」とだけは言わなかった。たとえ苦痛であっても、それは竹下が自分にくれるものだから絶対に手放したくはないと思ったのだ。

その一線を越えたとき、美月は心の奥の扉が開くのを感じた。優しくも激しい手ほどきによって、未成熟な心と体が開かれた。そのとき覚えた羞恥と快感はあまりにも強烈だった。同時に、それは美月の中であらゆるものが蕩《とろ》けてしまったのではないかと思うほどに、ひたすら甘美な経験だった。

（そう、あの痛みさえも……）

どんなに優しくしてもらっても、そこを分け開いて入ってくるものがあれば体は無意識に抵抗してしまう。だが、それに耐えた先にあったものは美月を夢中にさせるのに充分すぎる快感だった。まさに溺《おぼ》れるということを知った。

あの日以来、美月の中に目覚めた「性」という小さな焔《ほのお》が灯《とも》った。その焔がゆらゆらと揺らめくたびに、美月の体の中にごまかしがたい淫靡《いんび》さが宿っていく。やがてそれは人が美しいという容貌《ようぼう》とあいまって魔となり、美月自身をも呑《の》み込んでしまった。

名前などどうでもいい。性別など関係ない。そして、血の繋がりなど美月にとってはなんの意味も持たない境界線だ。だから、「竹下」が「兄」となり、一緒に暮らせて今はとても幸せだ。けれど、兄にとってそれはとても重苦しい現実だったのかもしれない。

「アリモトリゾート開発」の経営という現実と、有元《ありもと》という家の中にある現実。その双方が兄を苦しめている。運命は美月に対してだけ辛らつなわけではない。それは、誰にとっても意地が悪く厳しいものらしい。けれど、逃れることができないから運命というのだ。

美月はいつしかそれを受け入れる覚悟を決めた。兄はいつそれを受け入れるのだろう。多くのものを「運命」と割り切って背負いながら、彼はたった一つだけ今も拒み続けているものがある。

それは兄にとって、最後の理性と良識の砦《とりで》なのかもしれない。だが、彼はすでに大切なことを見失っている。守るべきものにこだわりすぎて、自らが理性と良識を失っている。本末転倒している現実を、彼は受け入れまいともがいている。

それが悪あがきだということを美月は知っている。幼少の頃から抗《あらが》えない力によって何度も生死の境をさまよってきたからこそわかることがあるのだ。兄もいずれは受け入れるべきものは何かを知るはずだ。そして、美月はただ兄がそれを認める日をこの家にいて待ち続けているだけ。

そして、この家は兄と美月をあれからもずっと見守り続けている。

「だから、旦那様にしてみれば家督や企業を継いだ今となっては、正妻の子どもの美月様の存在など目障りでしかないんだよ」

「そうはいっても、今の旦那様がいなければ会社もこの家もどうなっていたかわからないんでしょう?」

「それはそうだけど、美月様への態度だけはどうにもいただけないね」

その日、美月が大学から戻ると、日本家屋の厨房《ちゅうぼう》横の部屋で金本と家政婦たちが話していた。厨房横の居間は家政婦たちの休憩所になっていて、たいていそこには田村でなくても誰かがいる。美月は今夜の夕食は兄も一緒かどうか確認しにきたのだが、ちょうど金本も兄の迎えの時間まで休憩していたのか、家政婦たちの井戸端会議に加わっていたようだ。

もちろん、話題は兄のことであり美月のことだ。両親が亡くなってからというもの、彼らの話題はもうそればかりになっている。そして、その内容は往々にして兄の変貌ぶりと、美月への冷たさを非難するものだ。

金本が美月に同情的なのは知っている。田村の次に年配の家政婦である三好《みよし》も兄に対しては否定的だ。おそらく、この二人は田村の厳しい考えに影響されているのだろう。だが、まだ三十代で離婚暦のある篠原《しのはら》だけが兄を庇《かば》うようなことを口にしている。若いだけに古いしきたりには疎く、兄の凜々《りり》しさや美貌に惹《ひ》かれているところもあるのだろう。

「あたしは今の旦那様も悪くないと思うんですけどねぇ。いい男だし、若いのにやり手だし……」

「篠原さん、駄目よ。整った見た目に騙《だま》されちゃぁ」

三好が呆れるとともに、思い出したように言う。

「そういえば、まだ旦那様が『竹下』の名前でここへ出入りしていた頃、若い家政婦がやっぱり熱を上げていたわよねぇ」

「ああ、なんて名前だったっけ。でも、あれも奇妙な話だったな」

金本がお茶をすすりながら言ったので、篠原が古参の連中に何が奇妙だったのかとたずねる。田村はこの手の話には率先して加わるタイプではないので、もっぱら話し役は三好だった。

「それがまだ独身で二十代の子でね。母親が亡くなったもんだから、まだ小さい妹や弟のために大学を辞めて働き出したのはいいんだけど、いまどきの子に家政婦なんてもともと無理だったのよ。それが、今の旦那様に会ってちょっと優しい声をかけられたからってのぼせ上がっちゃって……」

普通の会社勤めでは幼い妹や弟の世話や家事ができない。だから、時間の融通がきくようにとあえて選んだ家政婦の仕事だったが、そこで竹下に会ってすっかり心を奪われてしまったのだ。

「それでどうしたんです？」

「どうもこうもないさ。結局は辞めちゃったよ」

金本が呟《つぶや》いたので、篠原も納得したように呟く。

「まぁ、若い子なら家政婦でなくても、お金を稼ぐ方法はいろいろありますもんね」

「っていうか、ちょっと事件があってね」

「えっ、事件？　なんですか、それ？」

篠原が聞いたので三好が当時の騒動を思い出しながら、今でも腑《ふ》に落ちないといった様子で話す。

「なんでも母親の形見の指輪が無くなったって大騒ぎになってね。水仕事をしているときに外していて、どこかに置いたとか言うんだけど、それが見つからないって言い出したのよ。そういう大事なものをつけてこないようにって言ってたんだけど、母親の思い出だから肌身離さず持っていたいとかでね」

「で、指輪は出てきたんですか？」

三好が首を横に振っている。それで、その女性は家政婦の仕事を早々に辞めてしまったのだ。美月が十二、三歳の頃のことなので記憶にあるが、彼女は確か半年もいなかったはずだ。

「あたしたちだって先代がいらした頃は、旦那様に目をかけられるだけあっていい若者だと思っていたくらいなのよ。それが、会社と財産を手に入れた途端にあの豹変《ひょうへん》ぶりよ。美月様が可哀想だったらありゃしない」

「そうそう。人間ってのは何かあったときに本性が見えるもんだ。結局、美月様に優しくしていたのだって、この家や会社を乗っ取るためにやっていただけのことだよ」

　金本や三好の二人に言いくるめられるように、篠原もお茶を飲みながらしぶしぶ頷いている。たまたま廊下にいて彼らの話を耳にしてしまった美月は、声をかけるにかけられなくて一度自分の部屋に戻ろうとした。だが、そのとき美月の携帯電話が鳴って慌てて出ると兄からだった。

『美月か？　大学は終わったのか？』

　たった今家に戻ってきたところだと伝えると、今から準備をして都心のＳホテルにくるようにと言われた。

「Ｓホテルですか？　あの、どうして……？」

　リゾート地を中心に開発しホテル事業も行っている「アリモトリゾート開発」だが、クライアントや自分たちが利用する利便性のよい都心のホテルが必要だった。そのために十五年ほど前に経営破綻に陥った老舗《しにせ》ホテルを買い取って、徹底的に改築を加えたのがＳホテルだ。

　規模は小さいが会員制で都会的な感覚と高級感を追求したホテルは、入っているレストランやスパなど、どこの五つ星のホテルと比べても遜色《そんしょく》がないと評判だ。

呼び出される理由はおおよそわかっていたが、たずねてみれば思いがけない答えが返ってきた。

『たまには一緒に外で食べるのもいいだろう』

「えっ、本当に？」

思わず声を上ずらせて喜ぶ美月に、兄は金本に送ってもらい六時までにくるようにと告げて電話を切った。兄から食事の誘いを受けるのは、一緒に暮らすようになってから初めてかもしれない。彼がまだ竹下と名乗っていたときには、休日に食事や映画に連れ出してもらったこともある。幼少の頃なら、動物園や水族館などにも連れていってもらったことも忘れられない思い出だ。

会社を継いでからの兄は多忙なせいもあるが、美月の機嫌をうかがうような真似をする必要などもはやないと思っていたのだろう。一緒に外食など、この一年あまり一度もなかった。

（どういう風の吹き回しだろう。でも、嬉しい……）

そのとき、居間から三好が出てきて、廊下にいた美月の姿を見てぎょっとしたように目を見開いている。

「あ、あの、美月様、いつお戻りに……？」

兄の悪口を言っていたのを美月に聞かれてしまったと思ったのか、なんとも気まずそうな顔をしている。だが、そんなことは今の美月にはどうでもよかった。

「今夜は兄さんと一緒に外食することになったんだ。今から準備して出かけるから、金本さんにお願いしてくれる?」

「そうですか。承知しました」

三好はそう言うと、すぐさま金本に声をかけにいった。美月も急いで自分の部屋に戻り、ホテルで夕食を摂《と》るのに相応《ふさわ》しい洋服を選ぶ。兄は会社帰りでスーツ姿だから、あまりカジュアルな格好ではバランスが悪い。

水色のピンストライプ柄でクレディックカラーのシャツにこの秋に買ったばかりのグレイのラインのきれいなジャケットを羽織り、パンツもジーンズではなく薄手のツイードのものにして、靴はエナメルのタッセルを選んだ。

少し伸びた癖っ毛の髪に軽くワックスをつけて、前髪を横に流し少しでも大人っぽく見えるようにした。年齢より幼く見えるのは自分でも気にしていた。それでなくても兄とは歳が離れているので、そばにいてあまり子どもっぽく見えないよう背伸びしたい気持ちになるのだ。

(来年には二十歳になるし……)

未成年でなくなったからといって、自分の中に何か大きな変化が起こるとは思わない。ただ、二十歳になれば両親が残した遺産を正式に相続することになる。それについても、兄が何か不満を唱えるようなら美月は相続を放棄してもいいし、すべてを会社に寄付してもいいと思っていた。

いずれにしても、相続のことは家の弁護士にまかせてあるから何も心配していない。それより今は兄との約束に遅れないように指定のホテルへ行かなければと、髪の毛を整えたあとコートを手にした。

車での移動だからコートは必要ないと思ったが、冷たい風に当たるとすぐに熱を出してしまうので念のため持っていたほうがいいと思ったのだ。

着替えをすませた美月は急いで部屋を出て玄関に向かう。そのとき、ちょうど休憩を終えて居間から出てきた金本と廊下で顔を合わせる。彼は美月の姿を見て慌てて頭を下げた。

「美月様、お早いですね。すぐに車を回してきますので、申し訳ありませんが玄関でお待ちいただけますか」

美月がこんなに急いで準備を整えてくるとは思っていなかったのだろう。けれど、兄との食事だと思えば心が逸《はや》る。美月は金本が車を回してくるまで玄関から外に出て、車止めのあたりでコートを羽織り待っていた。

そのとき、十メートルほど先にある鉄格子の外門のところに人影がチラリと見えた。このあたりは豪邸も多く、有元の家も特別大きな屋敷というわけではない。ただ、日本家屋と古い洋館が一緒になっているのが珍しくてときおり足を止めて眺めていく人もいる。

だが、美月がその人影をじっと見ていると、どうもそういう通行人でもないように思えた。着物姿の女性で髪を簡単に結い上げていて、年齢は五十代半ばくらいだろうか。色白で面長な顔は少しきついが、若い頃は美人だったのだろうと想像できる。また、髪の結い方や着物の着方からして、夜の商売の女性かもしれないと思った。ただし、着物はそれほど高価なものではないようだ。

美月の母親は京都《きょうと》の芸妓《げいぎ》だったため、彼女は結婚してからも出かけるときはよく着物を着ていた。美月も彼女の着物姿は幼少の頃から見慣れていて、いつしか着物の良し悪しは自然とわかるようになっていたのだ。

もしかして、生前の父親と関係のあった女性だろうか。たとえば贔屓《ひいき》にしていたクラブのホステスや料亭の女将《おかみ》ということはないだろうか。

浮気というのではなく、父親は社会的立場上そういう商売関係の女性と親しくすることはあったし、それを母親が咎《とが》めるような野暮《やぼ》なことはなかった。父親が亡くなって、会社の接待などで店が利用されなくなり、経営が行き詰まって相談にくる女性がいたとしても不思議ではない話だ。

金本が車を回してくるのにまだ少しかかるかと思った美月が外門のほうへと歩み寄ると、女性がハッとしたように顔を伏せる。その様子からして、あきらかに通りすがりではないとあらためて確信した。

「あの……」

美月が声をかけようとしたとき、女性も門の鉄格子を両手で握りこちらに向かって何かを言おうとしていた。だが、彼女が一言も発しないうちに美月の背後から金本の声がした。

「美月様、お車の用意ができましたよ」

ハッとして美月が振り向くと、金本が車の後部座席のドアを開けている。

「すぐ行きます」

美月が答えてもう一度女性のほうを振り返ったとき、彼女はすでに門の前から小走りで去っていくところだった。呼び止めようとしたが、その背中がすべてを拒んでいるように見えて何も言えなくなった。同時に、美月はなぜか彼女の顔にどこか親しみを覚えた。

(見知らぬ女性なのに、どうしてだろう……?)

不思議な出来事があったものの、美月は兄との約束に遅れたくなくて金本の運転する車でホテルへと向かった。車の中で金本にさっきの女性に見覚えがないかたずねてみたが、彼は後部座席のドアを開けて美月を待っていたため、遠目でよく見えていなかったと言う。

「先代のお知り合いでしょうかね。だとしたら、秘書もされていた今の旦那様ならご存知《ぞんじ》かもしれませんね」

それなら、食事の席ででも聞いてみればいい。そう思ってホテルに着くと、すでに兄は部屋を取っていてそこへ行くようにとマネージャーに伝言を受けた。

すぐにメインダイニングに行くのかと思ったが、部屋を取っているなら今夜は泊まることになるのだろうか。そう思った瞬間、美月の心は急に妖しく騒ぎ出す。

家では冷たい兄だが、ホテルの部屋でなら美月に優しくしてくれるかもしれない。そんなことを考えてしまったのだ。

指定された部屋はホテルの最上階のスウィートで、その部屋のリビングで待っていた兄はいつになく優しげな笑顔だった。やっぱり、家の外で二人きりになれば以前の彼に戻るのだろうかと思った。

「美月、早かったな」

案内のホテルマンが去ったあと、兄は美月を手招きする。美月は心をときめかせて彼のそばに行くと、肩を抱かれてそのまま隣の寝室へと向かう。

「あの、兄さん、食事は……？」

「なんだ？　腹が空いているのか？」

そんなことはないと首を横に振る。まだ七時前なのでそれほど空腹なわけでもないが、なぜ寝室へと入るのかわからなかっただけだ。すると、兄は自分の腕時計で時間を確認してから、寝室の片隅のカウチに積まれたショッピングバッグやブティックの箱を顎《あご》で指す。

「あれは？」

まさか、兄がプレゼントを用意してくれていたということだろうか。けれど、美月の誕生日はもうとっくに過ぎている。

「今夜の格好も悪くないが、まずは着替えだ」

兄とあまり不釣り合いにならないように洋服を選んできたのに、これでは気に入ってもらえなかったのかもしれない。でも、こうして着替えを用意してくれていたのも嬉しくないわけではない。ところが、ショッピングバッグや箱の中身を確認して、美月は途端に困惑の表情を浮かべる。

「あの、これは……?」

「早く着替えるんだ。今夜は客がきている。ぜひおまえを紹介してほしいと言われてね。ただし、食事はその格好でするんだ」

「でも、これ、女の人の……」

下着からワンピースにミュールとすべてが揃《そろ》っているばかりか、アクセサリーと化粧品までが入っていた。

「先方の好みだから仕方がないだろう」

「どういうことなの……?」

たずねながらも、美月は情けない顔になって首を横に振る。今夜はそんなつもりでホテルにきたわけではない。けれど、兄のほうは美月の思いなどどうでもよかったのだ。彼にとって大切なのは、ビジネスだけなのだと思い知らされたようで泣きたい気持ちになる。

すると、そんな美月の様子を見るなり兄は宥《なだ》めるような声色で言うのだ。

「とても大切な相手なんだよ。例の信州《しんしゅう》のリゾート施設建設に関して、北米《ほくべい》で多大な決定権を持っている人物だ。今回の来日は視察を兼ねてのことだが、向こうでおまえの写真を見せたらずいぶんと気に入ったようでぜひ会いたいと言われた」

「えっ、外国の人……？」

「そういうことだ。失礼のないように相手をしてくれ」

「無理だよ。お話なんかできないよ」

そんなことがこの現実から逃れる理由になるわけないと知っている。でも、そう言うしかなかったが、兄は案の定笑い飛ばしてしまう。

「何を言ってる。簡単な会話くらいわかるだろう？　勉強はできなかったが、英語だけはそう悪くもなかったはずだ」

美月の勉強をずっと見てきてくれた兄は、そのことをよく知っている。理系の勉強は本当に苦手だったが、なぜか英語だけはそれほど悪くもなかった。それは、英語が得意な兄が上手に教えてくれたからなのだが、いつもの彼らしい皮肉な笑みを浮かべてみせる。

「まぁ、会話なんかどうでもよくなるさ。相手の求めているものを与えてやればいいだけだ。それが何かおまえはわかっているだろう？」

兄と二人きりの食事だと思って浮かれてきたが、そういうことだとわかって心が折れそうになった。食事というのは例の北米でまとめてきたはずの取り引き相手との会食であり、食事のあとにはその人の相手をしなければならないということだ。

いつものこととはいえ、こんなのはあんまりだ。兄は本当に美月のことを道具のようにしか思っていないのだろうか。だとしたら悲しすぎる。

「い、いやだ……。そんなことばかり、もう……」

思わず首を横に振った。けれど、いやだと言いかけた美月の唇に兄の指先が触れた。たったそれだけで美月を黙らせるには充分だった。そればかりか、彼の手が美月の頬を撫でて、一緒に暮らすようになってからは聞いたこともないような甘い声で囁く。

「いいか、よく聞いてくれよ。今回の仕事には『アリモトリゾート開発』の未来がかかっているんだ。こいつを逃したら、会社も俺自身もかなり苦しい立場に追い込まれることになる」

嘘《うそ》ではないと思うが、それを美月の気持ち次第だと言われ逃げ道を塞《ふさ》がれていくことに絶望に近いものを感じている。兄のそばにいたいだけなのに、その代償がこれなのかと思うと美月の心は悲しみに沈んでしまう。

ところが、そんな美月の悲しみさえ兄は巧みに操る術《すべ》を知っていた。唇をそっと近づけてきて、今にも口づけをくれるかと思うとそれをずらして耳元で囁くのだ。

「父さんの残した会社を潰《つぶ》したくはないだろう？　俺もこの若さで社長をまかされて、いろいろと根回しやらで苦労しているんだ。特に今日の相手はなかなか手ごわくて、前回の北米出張でもアリモトの参画について、なかなか首を縦に振ってくれなくてね」

そんな彼を味方にさえすれば、今回の案件についてはほぼ目処《めど》がつく。兄にしてみれば何があってもしくじることなく、完璧《かんぺき》な接待で相手を落としたいと思っているのだろう。

　金も女も権力も持つ相手だ。何が望みなのかといえば、その人物の指向的な部分で気持ちをくすぐるしかない。そして、幸か不幸かその男は若い男と遊ぶことが好きなのだという。さらには女装をさせることに倒錯的な喜びを見出すらしい。

　これまでも無体な要求に応《こた》えてきたし、歪《ゆが》んだ性癖につき合わされたこともあった。縛られたり怪しげな道具を使われたりして、そのたびに美月は熱を出して寝込むこともしばしばあった。だが、今回の相手はどうやら若い男に女装をさせたいという欲望を持っているらしい。

　兄の仕事を手伝うことはやぶさかではないと思っていた。兄に初めて抱かれてからというもの、美月の体は飢えた子どものように愛を求めていた。

　たった一つのほしいものを手に入れるため、どんなことでもしなければと思うようになっていた。だからこそ、兄の言うがままに男たちにこの体を差し出してきたのだ。けれど、今回は二人きりで食事ができると思った自分の浅はかさが情けなくて、同時に兄の計算高さに失望が込み上げてきたのだ。それなのに、兄の言葉はまるで悪魔の囁きのように美月の耳元に繰り返される。

「美月、おまえはいい子だ。俺のためならなんでもできるんだろう？」

　髪を撫でられ、肩を抱かれれば、美月は悲しみと怯《おび》えの中でたずねてしまう。

「そうすれば、兄さんは助かるの？　そうすれば嬉しい？」

「もちろんだ。それだけじゃない。もし美月が言うことを聞いてくれたら褒美をあげよう。美月がずっとほしいと思っているものだ。どうだ?」

そんなふうに言われれば、美月は従うしかない。美月にとって兄に褒められて褒美をもらえること以上に至福のことはないからだ。そのためにはどんなことでも耐えられるだろう。

もちろん、兄を慕う気持ちをいいように利用されていることはわかっている。彼の頭の中にあるのは、「アリモトリゾート開発」の収益を上げることだけで、美月のことなどビジネスのコマの一つとしか考えていないのだ。

それでも、兄が困るような真似を美月ができるわけもない。兄が喜んでくれるなら、美月はただ言われるままに、誰にであろうとこの身を差し出すしかない。

悲しさに視線を伏せると、睫《まつげ》に溜《た》まった涙がこぼれ落ちる。それを見て、兄が一瞬だけその表情に苦渋を滲《にじ》ませた。それは美月への同情なのか、己自身の後悔なのかわからない。たとえどちらであろうと、兄は自分の進むべき道を見失うことはない。望んだことか否かはともかく、もはや「アリモトリゾート開発」の運命は彼の肩にかかっているのだから。

◆◆

ホテルのメインダイニングでの食事など、喉《のど》を通るわけがなかった。

約束の時間にホテルにチェックインしてスウィートにやってきた客人を出迎えたのは、兄に連れられた完全に女の姿になった美月だった。

現れたのはイタリア系の米国籍を持つ五十代の男性で、豊かな黒髪を持ちやや鷲鼻《わしばな》気味の見るからに精力的な人物だった。

名前などどうでもいい。美月には興味がない。挨拶《あいさつ》のあとは食事をすることになったが、慣れない女装をしている美月はテーブルについていても常に周囲の視線が気になって、素晴らしいフレンチのコースもさっぱり味がわからない。

洋服は兄が選んだのかブティックのスタイリストに頼んだのかわからないが、身につけてみれば見事に体型をカバーして美月でも充分に華奢《きゃしゃ》な女性に見えた。

清楚《せいそ》なお嬢様風のワンピースは胸元が詰まっていて、凝った刺繍《ししゅう》があしらってある。高い位置で切り替えが入っているので、女性用の下着の補正もあって胸の膨らみがないのをうまくごまかしていた。ビジューのついた黒いミュールも慣れない美月が転ばないよう、それほど高くないヒールのものだ。

化粧のほうはさすがにどうしようもなくて、美容室からメイクアップアーティストを呼んで仕上げてもらった。薄化粧なのだが、目元はアイラインや淡いシャドウを塗り重ねた効果なのか、もともとパッチリとした美月の目がより大きく、そして潤んだようにはかなげに見えた。髪型も自毛にエクステをつけてもらい、セミロングの緩い内巻きになっている。

おかげで見覚えのあるメインダイニングのウェイターでさえ、それが美月と気づかずに給仕をしている。それでも俯《うつむ》き加減の美月に、兄が客との会話の合間に耳打ちしてきた。

「今夜のこともある。水分は控えておけよ。それに、あまり腹を満たしておかないほうがおまえ自身のためだ」

それだけで、シェフが腕によりをかけて作った食事を堪能している目の前の男の指向がわかるというものだった。それでも、美月には拒む術がない。そんなことをして兄を苦しめるのも、会社が経営の危機に陥るのも本意ではない。

（いつものように、目を閉じて辛抱するだけだ……）

美月は自分にそう言い聞かせ、やがてデザートとコーヒーを飲み終えた客人とともにホテルの最上階のスウィートへと戻る。兄は待たせていた金本の運転する車に乗り、一人で自宅へと帰っていった。

「本当に愛らしい。とても男だとは信じられないね。こういう美貌は奇跡のようだ。滅多に見つけられるものじゃない」

兄が言うほど英語が得意なわけでもない。ただ、言っていることはおおよそわかる。どんな奇妙な趣味をしているのだろうと思うが、人の好みや指向は本当にそれぞれで驚かされる。け

れど、近頃になって思うのは、血の繋がりも性別も気にとめずに兄を欲している自分もまた奇妙な人間なのかもしれないということ。だからこそ、兄は美月を「不気味」だと言い捨てるのだろう。

誰を嘲《あざけ》る権利もない。そう思いながら、美月はその夜も望まぬ人にこの身を任せる。痛みも悲しみも呑み込んでしまえばいいと思う。もちろん、辛いけれどそれ以外に美月のできることはないから。

女装していたものを全部脱がせ、男になった美月の体を撫で回し、彼の望むままのことをするように強いられた。口での愛撫は美月には辛いことだ。もともと口が小さいのに、外国人の大きなものを銜《くわ》えるのはそれだけで苦痛だった。

それでも、相手は容赦も加減もない。苦痛に歪む美月の顔を見ながら男は愉悦に浸りきった淫靡な笑みを浮かべている。日本人とは違う支配欲をひしひしと感じながら、美月は痛みと羞恥だけでなく屈辱を覚える。

それも辛いけれど、精神的なものばかりでなく肉体的にはさらに辛い。平均的な日本人のものとは違い、その性器は凶器のように美月を攻め立てる。狭い器官を乱暴に押し開かれて、美月は悲鳴を上げて身を捩った。

暴れてベッドの上を逃げ惑っても、力で敵《かな》うわけもない。あっさりとねじ伏せられて華奢な体はこれでもかと蹂躙《じゅうりん》された。

「ああーっ、いやっ、いやっ。苦しい……っ」

最初は拙《つたな》い英語で苦痛を訴えていたが、それを無視して美月を好きにする男の力の前ではやなりふりを構う余裕などなかった。引き裂かれる痛みに叫び声を上げる。手足をばたつかせ、それを縛られれば嗚咽《おえつ》を漏らして許しを乞《こ》う。

声が涸《か》れるほどに泣き叫んでいるうちに、食事の前に施した化粧は崩れ、ピンク色の口紅が唇の周囲を汚す。流した涙がマスカラやアイライナーを滲ませる。そんな汚れた顔を見ると、男は倒錯的喜びに顔を崩して笑う。

歪んだサディズムで美月を弄《もてあそ》ぶ。辛さのあまり「許してっ」とどれくらい叫んだかわからない。日本語か英語かなんてどうでもいい。とにかく、この苦しさから逃れたい一心だけだ。けれど、どうしても逃れられないとなると、美月はひたすら目を閉じて考えた。

これは兄の手で、この痛みは兄が与えているものだ。もちろん、自分自身をごまかしきれないのはあきらかでも、それしか今を耐える方法がない。

『美月の協力があれば、「アリモトリゾート開発」はもっと大きくなる。どういう形であれ、二人で会社を経営していくことが大事だと思わないか？』

無理を強いるとき、兄はまるで美月を同胞と認めてくれているような甘い言葉を口にする。もちろん、信じてはいない。美月を経営のパートナーなどと考えることはこの先もないだろう。美月自身だって「アリモトリゾート開発」の経営に携われるなどと思っていない。

そんなことはわかっていても、美月はあえて騙《だま》されている。何度騙されてもいい。何度裏切られて、利用されてもいい。美月は泣きながらもいつしか兄の名前を呼んでいた。今回ばかりは相手が外国人でよかったと思っている。きっと彼には美月が兄の名前を呼ぶ意味を理解できないでいるだろうから。

「克美《かつみ》兄さん……っ。も、もう、許して……っ、許してぇ……っ」

苦しみの中で美月は涙を流す。ただ、今夜は少し奇妙だった。涙の向こうにちらつく兄の顔がなぜか陰りを帯びている。それはいつものことなのだが、その顔が美月に何かを思い出させるのだ。

なんだろう、誰だろう。思い出そうとするけれど、今は苦しみがすべてを陵駕《りょうが》してしまい美月の意識は薄れていくのだった。

眠りの中で思うのは、幼い頃のこと。

兄はまだ「竹下」と名乗っていて、美月も彼のことを「竹下さん」と呼んでいた。部屋で勉強をしていたがプリントを数枚やったところで、美月の集中力もなくなり庭に散歩に行きたいとねだった。

竹下はプリントの答え合わせをしてから、美月を庭へと連れて出てくれた。その日は一緒にボール遊びをした。美月が両手で投げて転がしたボールを竹下は簡単に足で止めて、器用に蹴《け》り上げて手に取ってしまう。高校のときはサッカーをしていたという彼はボール遊びだけでなく、どんなスポーツも万能だ。

ボールを手にした竹下が今度は美月に向かって投げる。そのボールはワンバウンドして、美月の指先を弾《はじ》いて後ろへ跳ねて転がっていく。さっきから何十回もボールのやりとりをしているが、美月が上手に受けとめることができるのは五回に一度くらいのものだ。

今もまた手からこぼれたボールを慌てた美月が追いかけていく。それは外門の鉄格子の前でようやく止まる。美月がそこまで小走りで行って屈《かが》みボールに手を伸ばすと、ふと自分の足元に陰が差した。人の形をした陰を見て顔を上げると、そこにいつの間にか見知らぬ女性が一人立っている。

(誰だろう?　でも、誰かに似ているような気がするんだけど……)

ポカンと女性の顔を見ながら、美月は不思議な気分で考える。ボールをつかんで立ち上がった美月が女性に声をかけようとしたとき、背後から竹下の声がした。

『早くおいで。一緒に水琴窟《すいきんくつ》に行こう』

美月もそろそろボール遊びに飽きていた。水琴窟の音を聞きながら、一緒に縁側で座って休みたい。そう思ったから、そこに立つ女性の前からきびすを返して竹下のほうへと走っていく。

けれど、竹下の前に立った途端、何か奇妙な感覚に襲われた。たった今、あの見知らぬ女性の前から駆けてきたのに、なぜかまた自分が女性の前に戻っている。そんな馬鹿なことがあるわけない。そう思った瞬間、目の前の人物が女性から竹下に変わる。

(なんだ、やっぱり竹下さんだ)

ホッとした瞬間、美月の中で何かが繫がり小さく声を上げる。

(わかった。あの女の人、兄さんに似ている……)

途端に、夢の中の竹下が冷たい表情に変貌する。美月はそんな兄を見つめながら、何度も自らに問うていた。どうして兄は自分に冷たくなったのだろう。半分でも血の繫がりがあるのなら、その分だけでもこれまで以上に優しくなってくれると思っていた。なのに、兄は美月を見るたびに苦痛とも苦悩ともつかない表情になって視線を背けてしまう。

(兄さん……。兄さん……)

心の中で何度も呼びかければ、反対に美月の名前を呼ぶ声も聞こえる。兄が呼んでいるのだろうか。どこから呼んでいるのだろう。美月はどこかふわふわと浮いたような感覚の中で、声のほうへと手を伸ばす。その途端に、ガクリと見えない段差から転げ落ちた気がして、小さな悲鳴を上げる。

「美月様っ、大丈夫ですか？」

怯えとともに目を覚ませば、目の前には田村の心配そうな顔があった。

「あっ、た、田村さん……、僕は……」

「ずいぶんとうなされていらっしゃいましたよ。お可哀想に」

そう言いながら、彼女は美月の額に手を当てる。そのとき、自分の見ていた夢がすうっと記憶から遠ざかり、現実が戻ってくる。田村の手が離れると、彼女は少し安堵《あんど》したように言う。

「熱は下がったようですね。でも、ひどい汗ですよ。お体を拭《ふ》きましょうね」

米国から来日した客の相手をさせられたのが一昨日の夜だった。帰宅した美月は玄関先で倒れ込み、その後のことは記憶にない。どうやら例によって熱を出して、客間の和室に運ばれ寝込んでいたらしい。田村が言うには、金村に背負われて床につき、医者がきてもほとんど夢うつつだったらしい。

自分の体力のなさはわかっていたが、近頃はこれでも以前より丈夫になったと思っていた。小学校の頃は床についている日のほうが多いくらいだったし、中学高校の頃も学校に通うのは途中で諦《あきら》めた。大学はこれでもどうにか通っているし、初年度は留年もせず単位も取れて進級することができた。

それでも、精神的に追い詰められると、すぐに体が参ってしまうのは変わらない。やっぱり無理はできない体なのかと思うと情けなくなる。こんなふうに寝込んでばかりだから、周囲も兄への不平不満を募らせるのだ。案の定、田村は美月の体を濡れたタオルで拭きながら溜息《ためいき》交じりに言う。

「旦那《だんな》様には何度申し上げてもわかっていただけないようで、本当に困ったものです。美月様は体が丈夫でないというのに、どうしてもう少し労《いたわ》りの気持ちが持てないんでしょうね」

「兄さんはちゃんと僕のことも考えてくれているよ。こうやって仕事を手伝わせてくれるのも、将来を見越してのことだよ」

「だったらいいですが、会社の経営についてはもう完全にご自身で掌握されて、美月様のことを本当に考えていらっしゃるのかどうか怪しいものですよ。それなのに、都合のいいときだけ呼び出されてお客様のお相手をさせるなんて……」

田村が兄を否定する言葉は日に日に露骨になっていく。美月を守りたいという気持ちはわからないではないが、それが反対に美月を悲しませていることに彼女は気づいていないのが残念だった。

「ところで、今日は弁護士の鏑木《かぶらぎ》先生がお見えになる予定でしたけど、お断りを入れたほうがよろしいですね？」

「鏑木先生が？」

鏑木は有元家の顧問弁護士で、「アリモトリゾート開発」が企業として雇っている渉外弁護士とは別に「有元家」に関する事柄を担当してくれている弁護士だ。美月も中学生の頃から何度か顔を合わせて挨拶をしたことがある。

最近では両親の告別式のあとに遺言を開封するのに立ち会ってもらい、竹下が異母兄であることを告げられたのもその場でのことだった。その後、兄はこの有元家に関することでたびたび鏑木と会っていたのかもしれないが、美月は正式に遺産相続をする二十歳まで特に弁護士と会う必要もなかった。

「美月様も十九歳になられましたし、正式に遺産相続をするまであと一年ですから、そろそろ細かい手続きのための準備をしなければならないんでしょう」

「遺産のこと……？」

遺産についてはあまり具体的に考えたことはない。手続きや税金など、難しいことはすべて鏑木にまかせておけばいいと両親も言っていた。

ただ、兄の存在がその相続を少しばかり面倒なものにしているのは事実だが、それもまた美月自身が頭を悩ますようなことではないと思っている。

美月に必要なのは、病弱で社会に出て一人前に仕事ができるどうか危うい自分が、どうにか暮らしていけるだけの経済的裏づけだ。だからといって、それ以上に過剰なものを手に入れたいという思いはない。

相続する遺産の内訳についてもまだよく知らないのが現状で、おそらく鏑木はそのあたりの説明からそろそろ始めておきたいと思っているのだろう。

美月は少し考えてから濡れタオルで拭いてもらってきれいになった体に浴衣を羽織り、洗面器を片付けようとしている田村に言った。

「熱も下がったし、鏑木先生に会います。ただ、体調が万全じゃないから、こちらにきてもらってもいいかな?」

病み上がりの寝床で会うのはどうかと思うが、鏑木にはこの家のすべてを知っていてもらえばいい。美月が病弱なのは彼もわかっていることだし、いまさら体裁だけを整えても仕方がない。鏑木も忙しい身だろうから、予定を変更されるよりはとりあえず会えるほうが都合がいいに違いないと思ったのだ。

「本当によろしいんですか?」

田村はまだ心配しているが、美月も来年には成人になるのだからいつまでも病弱などといって周囲に甘えてばかりもいられない。それに、鏑木には自分からもいろいろと頼んでおきたいこともある。

その日の午後になって予定どおり鏑木がやってきた。田村の案内で美月が横になっている部屋にきたので、体を起こし出迎えた。

「鏑木先生、こんな格好でごめんなさい。でも、急に予定を変更してもらうよりはよいかと思ったので……」

美月が言うと、鏑木はまったく気にした様子もなくむしろ体調を気遣ってくれた。田村はお茶の用意をしに席を立ち、部屋には鏑木と美月の二人だけになった。

「こちらこそ、体の具合が悪いときに申し訳ないです。まだそれほど緊急を要するわけではないので、とりあえず今日のところはこれからの簡単な予定だけを説明しておきましょう」

鏑木は四十半ばでまだ若い弁護士だが、なかなか切れ者らしく両親は彼のことをとても信頼していた。特に母親は結婚してこの有元家に入るとき、親族関係の反対をうまく押さえ込んでもらった経緯があって、何かにつけて彼のことを頼りにしていたようだ。なので、美月にも何かあれば全部鏑木に相談すればいいと常々口にしていた。

昨今は弁護士という職業もなかなか厳しいという噂《うわさ》を聞いたことがある。仕事によってはたいして金にもならず、自分の事務所を構えられる者は多くないらしい。そんな中で鏑木は自らの事務所を構え、有元家という顧客を持ち、弁護士としては成功をおさめていると言えるだろう。

身に着けているスーツも悪くない。細い黒縁オーバル型の眼鏡《めがね》の奥の目は優しげで、どちらかといえば人好きのする顔といえるだろう。

知性の漂う涼しげな表情には欲深さが感じられず、誠実そうな人柄が見て取れる。女性にもてそうなのに、田村の話ではまだ独身だということだった。なんでも本人は仕事が忙しくて、なかなか女性ときちんとつき合えないとこぼしているらしい。生前の母親が鏑木にいい人を見つけてあげたいと言っていたようだが、それも今となっては叶わなくなったということだ。

「美月くんとは有元ご夫妻の告別式以来ですが、少し大人っぽくなりましたね。大学にも通われていると聞いていますが、学業のほうはどうですか？」

大学はどうにか進級できる程度の成績だ。優秀とは言いがたいが、体調を崩しては休んでしまった分は補講やレポート提出などでなんとかしのいでいる。

「できるだけ体調には気をつけているんですが、ちょっと油断をすると熱を出してしまうんです」

自分でも情けないと思っていると言えば、鏑木は慰め励ますような態度で美月に微笑みかけてくれる。

「美月くんの健康のことは、奥様もずいぶんと気にされていましたよ。小さい頃に比べればずいぶんと丈夫になったと喜んでいらしたのに……」

それなのに、両親に何一つ親孝行すらできないまま彼らを見送らなければならなかった。美月自身もそれが一番悔しく残念に思っていることだ。鏑木はそんな美月の気持ちを汲《く》むように黙って頷いてみせる。それから思い出したように美月の顔色を見てたずねる。

「ところで、起き上がっていても大丈夫ですか？　なんなら横になっていてもらっても、お話だけはできますよ」

「いえ、もう熱は下がったんです。ただ、食事ができなかったので、体力が落ちてしまったかもしれません」

そう言いながら少し部屋の気温に肌寒さを感じた美月は、布団にかけてあったカシミアのカーディガンに手を伸ばそうとした。そのとき一瞬眩暈《めまい》がして、起こしていた上半身がふらつく。

「あっ、危ないっ」

鏑木が慌てて片膝《ひざ》を立てて身を乗り出し、美月の体を両手で支えてくれる。彼の胸元へ寄りかかる格好になった美月は、目を閉じて眩暈がおさまるのを待っていた。やがてゆっくりと目を開くと、鏑木を見上げて詫《わ》びを言う。

「先生、ごめんなさい……」

「いや、とんでもない。やっぱり今日は難しい話はなしにしておこう。それより、横になるといいですよ」

鏑木を美月の体を支えたまま、枕に頭が乗るように寝床に横たわらせてくれる。抱きかかえられてみれば、スーツ姿で細身に見えた鏑木だがなかなかりっぱな体軀《たいく》をしていることがわかる。兄もそうだが、スーツ姿はスマートでも案外たくましい体をしているかもしれない。

「ありがとう、先生」

横たわった美月が頰を緩めて見せれば、鏑木は照れたように微笑む。そこへ田村がお茶の用意をして運んできて、横たわった美月を見てまた熱が出たのではないかと案じる。

「平気。鏑木先生が寝かせてくれたから。それより、先生、もう帰らなきゃいけないんですか?」

「あっ、いや、そういうわけではないですけど、あまり美月さんを疲れさせるのはどうかと思って……」

そこで美月は布団から出した手でそっと鏑木の正座している膝に触れる。

「相続の話はまた今度にして、もう少しだけここにいてもらえますか？　ずっと一人だったから寂しくて」

「ああ、そうか。じゃ、話相手くらいにはなれますよ」

それくらいはお安いご用とばかり、鏑木はまた寝床の横に座って笑顔で言う。

田村は家の雑事があって美月のそばにばかりいられないので、鏑木に礼を言うとこの場を任せ部屋を出て行った。その後、また二人きりになった部屋でたわいもない世間話をし、少しだけ相続についてのことも聞かせてもらった。

「克美さんが有元の家に入ったことで、会社関連の株や資産は彼の管理になるものも少なくないでしょう。ですが、有元ご夫妻の個人所有だった別荘や土地などはほとんど美月さんの名義になる予定ですよ。相続税を払っても将来を案じるような必要はないので、安心してください」

「僕はこの家で暮らせたら他に望みはないんです。会社のためになるなら、個人所有のものでも寄付してもいいと思っています」

「税金対策上どうなるか微妙な部分もありますが、それらについてもおいおい考えていきましょう」

鏑木は美月に欲がなくて、そんなことを言っているのだと思っているのかもしれない。けれど、そういうわけじゃない。もちろん、過分な遺産を手に入れたいとか、正妻の息子である権利を主張しようという欲はない。

だが、遺産に関してばかりでなく自分を取り巻く環境について美月なりに思うことはある。そして、鏑木に相談したいと思っているのもそのことだ。だから、彼にはできるだけ力を貸してもらいたいと思っている。

両親が生きている頃は直接話をすることもなかったが、あらためて言葉を交わしてみれば弁護士という堅い職業のわりに気さくで人当たりがいい。もちろん、美月の両親が亡くなった今は彼の雇い主という立場になるのだが、それでも子どもだからと軽くあしらうこともなく、親身になって美月の不安な気持ちを聞いてくれる。この人なら安心していろいろと相談できそうだと思った。

「うちの弁護士さんが鏑木先生でよかった。僕は世間知らずだから、呆れられてちゃんと相談を聞いてもらえなかったらどうしようって心配していたんです」

美月が安堵の笑みとともに言えば、鏑木は優しげな大人の笑みで応えてくれる。

「これからはなんでも相談してくれればいいんですよ。遺産相続のことだけでなく、学業やプライベートのことでも力になれることならなんでもね」

午後の二時間ほどを一緒に過ごし、鏑木は来週にはある程度書類を揃えてまた訪問すると言い残し帰っていった。横になったまま話していたのでそれほど疲れることもなかったし、夕食には粥《かゆ》を食べて眩暈もおさまった。

寝たきりだった美月はどうしても汗を流したくて、田村は止めたけれどお湯を使った。さっぱりしてシーツを換えてもらった寝床に戻り大学のレポートの下書きを読み直していると、そこへ帰宅した兄が顔を出した。美月は兄を笑顔で迎えたが、兄のほうは不機嫌そうな様子で部屋に入ると後ろ手に障子を閉じた。

「熱は下がったのか?」

「もう大丈夫です。心配かけてごめんなさい」

美月が殊勝に言うと、兄は小さく肩を竦《すく》めてみせる。

「おまえが体調を崩すのは珍しくもない。いちいち心配していたらきりがないだろう」

そのとおりかもしれないが、やっぱり冷たい言葉には悲しい気持ちになる。けれど、気を取り直して美月は兄にたずねた。

「あの、一昨日のお客様は満足してくれたのかな?」

熱を出すほど頑張ったのだ。ぜひ兄の仕事にいい結果をもたらしているように願っていた。ただ、兄があまり機嫌のよさそうな顔をしていないのが気になって、美月は彼の返事を不安げに待つ。

「ああ、その件なら一応うまくいきそうだ」

兄の言葉に美月は胸を撫で下ろす。これで自分も頑張った甲斐《かい》があったというものだ。なのに、兄があまり嬉しそうな顔をしていないのはなぜなのだろう。何かまた会社で厄介な問題でも起きたのだろうか。

社外での若い三代目への評価も固まっていなければ、まだ社内のすべての人間が兄に協力的なわけでもないと聞いている。そういう意味でも、獅子《しし》身中の虫の反乱を警戒しなければならない立場で気苦労は絶えないと思う。

だが、兄の不機嫌の理由は別のところにあったようだ。彼は少し黙って寝床の美月を見下ろしていたかと思うと、険しい表情のままたずねる。

「弁護士の鏑木がきたそうだな?」

田村から聞いたのだろう。あるいは、鏑木から兄にも連絡が入っていたのかもしれない。美月の遺産相続に関しては、細かい条件もあって兄の承諾を得た上で作成しなければならない書類もあると聞いている。

「来年の秋には二十歳になるから……」

「遺産を相続しておまえはどうするつもりだ?」

「えっ?　ど、どうするって……」

どうするつもりもないと言いかけた言葉を遮って、兄がさらにたずねる。

「この家から出て行くのも自由だぞ。そうしたいと思っていたんじゃないのか?」

思いもよらないことを言われ慌てた美月は、手にしていたレポートの下書きを置くと掛け布団をめくり、まだ障子のそばに立っている兄のほうへ這《は》っていく。そして、彼の膝に手を伸ばしてそこに縋《すが》りつき首を横に振る。

「違うよ。どうしてそんなことを言うの？　僕はいつも言ってるでしょう。この家で兄さんと一緒に暮らしたいって」

だが、兄は苦笑を浮かべ美月の体を振り払うようにして、部屋の中を歩き回りながら言う。

「二十歳になれば自分の意思で自由に遺産も使えるし、この家を出て行って好きなところで暮らせるぞ。未成年でなくなれば、もはや俺の庇護のもとにいる必要もなくなるからな」

「どこへも行きたくないよ。この家がいい。兄さんと一緒にずっとここで暮らしていたいんだ」

美月は自分の胸の内をわかってもらおうと懸命に訴える。だが、兄はそんな言葉を上っ面だけの家族ごっこだとでも思っているようだ。

「クライアントや取り引き相手の接待をさせられて、そのたびに寝込んでもううんざりしているんじゃないのか？　俺の言いなりになっているのも遺産を相続するまでと割り切っているんだろう？　そうでなけりゃ、なんで抵抗しない。いやならいやだと言えばいいものを……」

それを田村や鏑木に訴えて、兄の非道を糾弾させることはできるけれど、美月はそんな真似はしたくない。兄を窮地に追いやったり、周囲の非難にさらされるような立場に追い込んだりするなんて、美月の望んでいることではないのだ。

「違う、違うっ。何度も言っているのに、どうしてわかってくれないの？　僕はどこにも行かない。行きたくないんだ」

「そんなにこの家が気に入っているってことか？　まぁ、両親との思い出もあるだろうし、自分が生まれ育った家だ。執着があるのはよくわかる。だったら、俺が出て行けばいいだけのことだがな」

父親は国内外の出張も多く、六十を越えても多忙なスケジュールをこなしていた。持病はなかったが、若干の不整脈は指摘されていたこともあり、弁護士のアドバイスにより半年に一度は遺言書を書き換えていた。万一のことがあったとき、速やかに企業経営の引継ぎが行われ、有元の家が存続できるようにという当然の配慮だった。

あの事故の直前にも鏑木と会社で雇っている弁護士の立ち合いのもと、父はちょうど最新の遺言書を書いていた。そこで兄の会社相続の条件の一つとしてあったのは、この家で暮らし未成年である美月の保護者となるということだった。

ただし、美月が未成年でなくなればその縛りはなくなる。兄の言うように、美月がこの家を出て行くことも自由だし、反対に保護責任が外れたところで兄がこの家を出て行くことも可能なのだ。

けれど、美月はそんなことは望んでいない。何度も兄に訴えてきたように、美月の望みは一つだけ。兄とともにこの家で暮らしていたいだけ。それさえ叶えば、遺産など一円たりとも自分の手に入らなくてもいいと思っているくらいだった。

もしかして、兄の不機嫌さの原因は鏑木がきて遺産相続の話をしていったことなのだろうか。そう思ったとき、美月はどうしたら兄にこの思いを理解してもらえるのだろうと、胸をかきむしりたい気持ちになった。美月の心はいつも何があっても、純粋に兄を慕っているというのに。

「僕は兄さんといたい。お願い、僕を一人にしないで……」

寝床から這い出して畳の上で指を立てて嗚咽を漏らす。すると、部屋を歩き回っていた兄が美月のそばへ戻ってきたかと思うとその場でしゃがみ込み、苛立《いらだ》ちを含んだ声で吐き捨てる。

「何をされても、何を強いられても平気だと言うのか？　それとも、やっぱり男に抱かれるのが好きな淫乱か？」

美月は兄の顔を見上げながら、少し考えて答えに詰まる。もちろん、見知らぬ男に弄ばれるのが好きなわけはない。すべては兄のためになると思って耐えてきたことだ。そんな美月の思いをきっといつかは理解して、心から受け入れてくれると信じてきたというのに兄はいつだって美月を試すような冷たい言葉を口にする。

「そんなの、好きなわけないよ……」

美月が搾《しぼ》り出すような声で答える。すると、兄もまた何かに追い詰められたように、低く苛立ちの含んだ声で言う。

「そうかな。だったら、おまえはなんで拒まない？　抵抗もしないで言いなりになってきたのはなんでだ？　どんな目に遭わされても、どんなに貶《おとし》められても、なんでそんなふうでいられるんだ？」

「だ、だって、そうすれば兄さんが助かるって……」

そんな言い訳をしても、兄はきっと納得しない。最初に男の相手をしてくれと持ちかけられたとき、それはけっして無理強いではなかったのだ。ただ、美月が「ノー」という返事ができなかっただけ。

企業のトップを突如失い、経営が危ぶまれていた「アリモトリゾート開発」を何がなんでも存続させなければならない。そんな大きな使命を背負い、寝る間も惜しんで奔走していた兄の姿を見ていれば、自分のできる唯一の手助けを拒むことはできなかった。

それが一度ばかりか二度、三度と重なっていき、いつしか当たり前のようになっていった中で兄は美月を穢れたものとして見るようになった。兄のためと思ってしたことで、その兄から軽蔑《けいべつ》されるという悲しすぎる現実をどう受けとめたらいいのかわからない。

「ねぇ、兄さんは僕のことが嫌いなの？　以前はあんなに優しかったのは、やっぱり父さんや母さんに気に入られるため？」

家の家政婦たちの噂話など信じるつもりはなかったけれど、あまりにも冷たいことばかり言われたら美月だってそんなふうに聞きたくなってしまう。だが、兄はさも馬鹿馬鹿しいと笑い飛ばし立ち上がる。

「気に入られるも何もないだろう。俺はちゃんと有元の血を引いている。誰に遠慮をする必要もない。父親もそれを認めていたから認知もしたし、会社も継がせた」

そのとおりだとしても、それは美月に対する態度の豹変についての答えにはなっていない。けれど、それについてどんなに問いただそうとしても、兄はけっしてその真意を教えてはくれない。美月はいつも戸惑いの中で悲しみ、それでも兄を求める気持ちを捨てきれずに心を悩ませる。

そればかりか、兄のためにと思って涙を呑んで耐えたことも美月が淫らだから、こんなことになるのだと言わんばかりに嘲るのだ。

「だいたい、以前のおまえはこれほど淫らだったわけじゃないだろう。そう、まだ少年だったおまえは純粋で無垢《むく》ではかなげだったよな。それがいつの間にか、誰に抱かれても喜ぶ体になっていたってことだ」

「違う、違うっ。どうしてそんなことを言うの？　どうして兄さんがそんなことを……」

美月に愛欲の喜びを教えたのは兄なのだ。その本人からそんな言葉を吐きつけられたら、美月の心も体も行き場を失ってしまう。

「おまえはきれいな顔をしていても、体はどうしようもないほど淫らだ。誰に抱かれても喜んでしまうんだろう。おまえを抱いた連中が皆言っていたぞ。何をしてもいやがることも拒むこともないとな。病弱だのなんだのといっても、抱かれたいという欲望にはどこまでも貪欲《どんよく》な淫乱だ」

「そんなんじゃない。そんなんじゃないのに……」

何度否定しても兄は聞く耳を持ってくれない。美月の体はすでに多くの男たちの欲望で穢されてきたのは事実だ。もちろん、それを恥じる思いはあっても、すべては兄のためと耐えてきたこと。その気持ちだけは偽りがなく、今となっては美月が唯一大事に守り抜いている思いだった。けれど、兄にとってはそれこそが苛立ちをかき立てられることなのかもしれない。

考えてみたら美月が兄の命令に従って誰かに抱かれるたびに、彼はなぜか苦渋の表情を浮かべてみせた。そして、それはきまって皮肉に満ちた笑みに変わる。兄の胸の内には、何か複雑なものが潜んでいるのかもしれない。けれど、美月にその気持ちが理解できるわけもない。

「いっそその姿形も醜くければよかったものをっ。いっそ心底憎めればよかったのに……っ」

美月の困惑をよそに、兄が搾り出すような声でそう呟いた。それを聞いてハッとしたように美月が兄を見上げる。心底憎みたいと思っているのだろうか。けれど、それができないでいるという。できなくて苦悩しているとしたら、兄は美月を愛しているのかいないのか彼の真意はどちらなのだろう。

彼の心の中が見えない。兄の胸の内がわからない。だから、美月には名前を呼ぶことしかできない。

「克美兄さん……」

「おまえは、おまえは……」

そう言ったあと、美月の耳に小さく呻《うめ》くような言葉が聞こえた。

「おまえはあまりにも美しいが、不気味なんだよ……」

「ぼ、僕が？　どうして……？」

どうしていつも兄はその言葉を繰り返すのだろう。どうして兄は、ときに化け物を見るような視線を美月に向けてくるのだろう。そして、その視線は美月の顔や体だけでなく、その心の奥までを見透かすかのように厳しく冷たい。

「おまえは微塵の罪悪感も持たずに惨《むご》い真似ができる。そう、抵抗を知らないか弱い生き物の羽をむしり、誰かが大切にしているものでも笑顔のまま捨ててしまえる。幼い頃からずっとそうだった。本当はとっくに気づいていたのに、どうして俺はおまえを見捨てることができなかったんだろうな」

いったい自分が何をしたというのだろう。それほどまで兄に拒まれる何か大きな過ちを犯したとでもいうのだろうか。美月にはさっぱりわからない。わからないからやっぱり縋ることしかできない。

ただ、自分を弟と認めてほしいだけ。そして、この世の誰にも求められることのない自分を必要としてほしいだけ。どんな理由でもいい。利用されているだけでもいい。両親がいない今となっては、美月にとって唯一血の繋がりを感じることのできるのは兄一人なのだ。

　田村や金村がどんなに美月のことを大切に思い尽くしてくれても、しょせん彼らは他人だ。美月はあくまでも雇い主というだけのこと。いざとなれば、彼らだって自分の家族のことを一番に考えるはずだ。

　そんなふうに美月も兄と本当の兄弟になりたいだけ。どんなときも一番に相手のことを思える、そんな本当の家族になりたいのだ。それなのに、兄は美月の気持ちをわかってくれようとしない。

　なんだか悔しさにも似た思いが込み上げてきて、美月は悲しみとともに兄を恨めしい思いでじっと見つめる。そして、さっきまで畳に突っ伏すようにして首を振り嗚咽を漏らしていた美月はゆらりと体を起こすと、ゆっくりとその場で立ち上がる。そのとき肩にかけていたカシミアのカーディガンがズルリと落ちて、浴衣姿の美月は力の入らない足取りで兄のもとへと歩いていく。兄はそんな美月の姿を、まるで禍々《まがまが》しいものでも見るような目で見つめている。

「兄さん……」

　そう呼んで彼のそばに寄り添って立つと、スーツのたくましい胸元へと手を伸ばす。病み上がりの美月を突き飛ばすこともできない兄は、険しい表情のままじっとしている。

「兄さん、全部兄さんのためだよ。誰に抱かれても兄さんのことだけを思っているんだ。だから、僕を嫌いにならないで。ねぇ、お願い。僕を一人にしないで……」

美月は彼の胸に手のひらをそっとそえて、そこへ自分の頰を摺り寄せる。兄はそんな美月の肩をつかむと自分の胸から引き離そうとして、そのまま手を微《かす》かに震わせていた。まるで何かに怯えているように震える彼の手を、美月のもう片方の手がそっと握る。

「僕は兄さんだけが好きなんだ。僕には兄さんだけだから……」

囁く言葉を兄はどんな思いで聞いているのだろう。彼の心がどこにあるのかわからない。けれど、美月の気持ちはどこへも行けないし、行かない。ただ、兄を思い続けてこの家の中をさまよい続けているだけだから。

◆

大学は都内にキャンパスを持つ私立大学で、一流とは言いがたく比較的裕福な家庭の者が多く通っている。「お坊ちゃま大学」だの「お嬢様大学」だのと揶揄《やゆ》されていても、美月にしてみれば自分の成績で入れただけでも上等だと思っている。

兄の卒業した国立大学など逆立ちしても入れないし、どうせ親もそんなことは望んでいなかった。とりあえず最終学歴として、どんな大学でもいいから卒業すればいいという思いだったのだろう。美月がこの大学に合格したとき両親は手放しで喜んでいたし、そこそこの寄付もしたのではないだろうか。

経済学部を選んだのも特に意味はない。父親の会社を継ぐつもりなど毛頭なかったし、そんなことは最初から無理だと諦めていた。ただ、経済学部の募集人員が一番多くて、広き門だったというだけのこと。

中学高校とろくに学校には通わず、最終的には自宅学習で卒業証書をもらった美月なので、キャンパスに通うということはそれなりに新鮮だった。けれど、幼少の頃から友人などできたためしがなく、相変わらず人見知りは直らない。大学生になってもただ講義を受けて、そのまま真っ直ぐ自宅へ帰るだけの生活だ。

ときにはサークルの勧誘や、美月の容貌に興味を持った女の子から声がかかることもあったが、どんな誘いも病弱を理由に断るばかりだ。同じ年頃の子とつき合った経験がなく、いつも大人の間で過ごしてきた美月にとって、十九歳になっても歳相応の遊びというものは縁遠い。

まして、女の子とつき合うなど、相変わらず自分の中では想像すらできないことだった。それどころか、明るく華やかでエネルギーに満ちた女性というのは、美月にとっては眩《まぶ》しすぎて怖いくらいだった。

そういう意味では遅ればせながら社会の中に出たものの、自分がすっかり歪《いびつ》なままに成長してきたのだと思い知らされている日々でもある。けれど、それがすごく辛いとか残念だとは思わない。しょせん、人には人それぞれの生き方があって、生まれや育ちでそれがある程度決まってしまうのも仕方のないことなのだ。

その日も美月は午前中の講義を受けて、昼食のために一人カフェテリアに向かおうとしたら、携帯電話にメールの着信があった。受講している学生への一斉メールで、午後からの「マネジメント基礎」の講義が休講になったという知らせだった。それを確認した美月はカフェテリアには寄らずそのまま帰宅しようとしたが、いきなり誰かに背後から声をかけられた。

「有元くん、ちょっと待って」

キャンパスで名前を呼ばれることは滅多にない。友達などいないのだから当然だ。振り返ってみれば向こうから一人の女子学生が小走りでこちらにやってくる。名前は思い出せないが、二学年の後期になって「マクロ経済」の講義でいつも近くの席に座っている子だということはわかった。派手めの美人顔で、先日の大学祭でミス・キャンパスに選ばれていたはず。

「午後から休講なんでしょう?」

美月は小さく頷いた。彼女も「マネジメント基礎」の講義を受けているから、メールを受け取っているはずだ。

「だったら、ちょっと一緒にお茶しない?」

唐突な誘いに面喰《めんく》らったようにしどろもどろになる。

「あっ、いや、でも、僕は……」

「何か用事でもあるの？」

「それは、ないけど、君は……」

いきなり声をかけてきた名前も知らない女の子と気さくに話ができるほど社交的ではないし、そもそも彼女に声をかけられた理由がわからない。だが、彼女のほうは戸惑う美月の様子を気にするでもなく、どこまでもマイペースな感じだ。生前の母親や田村にも感じてきたが、こういう女性特有の押しの強さにはどう対処したらいいのかまったくわからない。

すると、彼女は煮え切らない美月の態度にあからさまに呆れた様子を見せる。

「一緒の講義を受けているのは知っているわよね？　もしかして、わたしの名前も覚えてもらっていないのかな？」

気まずさに美月が俯くと、彼女は「冗談よ」と言って笑顔とともに自己紹介をする。

「倉橋《くらはし》茜《あかね》よ。茜って呼んでいいわよ。ところで、『倉橋』って聞いて、何か思い出さない？」

「えっ？　く・ら・は・し……？」

ゆっくり名前を繰り返したが、何も思いつくことはない。

「ああ、そっか。会社のことにはノータッチなんだ。でも、『倉橋エステート』っていえばどう？」

「あっ、もしかして兄さんが今関わっている信州の……」

「そう。父の会社はアリモトさんとは持ちつ持たれつの関係なのよね。でも、来年の春にはそれだけじゃなくなるかもよ」

「えっ、どういう意味？」

本当に意味がわからなくて美月が首を傾《かし》げる。すると、茜は悪戯っぽい笑みとともに少しばかり声を潜めて言う。

「もしかしたら、わたしたち親戚《しんせき》になるかもってこと。会社を継いだ有元くんのお兄さんとうちの姉の間で、そういう話が出ているのよ。知らなかった？」

「そういう話……？」

いやな予感とともに呟けば、彼女がぼんやりした美月の様子を見て、馴《な》れ馴れしくポンと二の腕を手のひらで叩《たた》いてきた。

「きまってるじゃない。結婚よ、結婚」

その瞬間、美月はまるで心臓を先端の尖《とが》った何かで思い切り突かれたような気がした。おそらく、一瞬にして顔面から血の気が下がっていったのだろう。目の前の茜がきょとんとした顔でこちらをうかがっている。

「有元くん、大丈夫？　もしかして驚かしちゃった？」

「あっ、ああ、あの、僕、何も聞いてなかったから……」

「あっ、そうなんだ。ごめんね。あたしも姉からまだ公になっていないから内緒にって言われてたんだけど、同じ講義を受けている有元くんのお兄さんのことだと思うと、なんだかワクワクしちゃって黙っていられなくなっちゃったのよね」

内心では呆然《ぼうぜん》としていた。否定する気持ちと同時に、兄の年齢や社会的立場を考えて、どうしてその可能性を今まで忘れていたのかと自分のうかつさに胸をかきむしられるような思いでいた。

兄の存在を美月から奪い去ろうとするものが、どうしてこんなにも大勢存在しているのだろう。兄は美月だけのもので、他の誰にも譲るつもりはない。

目の前で華やかに微笑む彼女は、美月の複雑な胸の内など知りもしないのだろう。屈託なく先日の都内のホテルで開かれたパーティーの場での兄と彼女の姉との様子を語り、並んで立つ姿がどれほど美しい一対であったかを自分自身のことのように誇らしげに語っていた。

(嘘だ、嘘だっ。兄さんは結婚なんかしないっ。兄さんが僕を一人にするはずがないもの。だって、兄さんが本当に愛しているのは……)

美月は引きつった作り笑顔を茜に向けて、心の中で否定の言葉を吐き続ける。否定の言葉はやがて目の前の彼女を疎ましく思う気持ちに変化していく。

キャンパスの一角で立ち話をする茜と美月の姿を見て、通りかかった学生たちが視線をとめて何か噂話をしている。ミス・キャンパスとして周囲の注目を集めている彼女が、キャンパスの中では変わり者扱いされている美月と話していれば、誰もが好奇心をくすぐられるのも無理はない。

茜はそうやって注目を浴びることを楽しんでいるらしい。けれど、美月のほうはそんなことはどうでもいいし、むしろ迷惑だ。ただ今は早く家に帰って、兄に真実を問い詰めたいという気持ちだけが渦巻いている。

そして、兄がもしそれを事実と認めるというのなら、美月もまた新たな覚悟をしなければならないということだった。

半ば強引にカフェテリアに連れていかれ一緒にお茶をしたけれど、一人で楽しそうにおしゃべりをする茜に曖昧《あいまい》な相槌《あいづち》をうちながらも、美月は早く彼女から解放されたくて仕方なかった。

ようやく彼女と別れ急いで帰宅したものの、田村に兄の帰宅時間を確認したら、今日は信州の例の案件のことで現地へ出向いていて泊まりになると連絡が入ったという。がっかりした美月だが、もしかしたら田村なら兄の結婚話について何か聞いているかもしれないと思った。

「ご結婚話があってもおかしくない年齢ですからね。ただ、こちらの家に入られるとなると、お人柄を選んでいただかないと困りますがね」

両親が生きていたら兄が早急に会社を継ぐこともなかっただろうし、結婚したとしてもこの家ではないところで家庭を構えていたはずだ。だが、今の状況では兄の妻となる人はこの家に入り、美月とともに暮らすことになる。そういう意味で田村は人柄を選んでほしいと思っているのだろう。

「あるいは、外で家庭を持たれることも考えておられるのかもしれませんね。美月様も成人されれば、保護者の役割も必要なくなりますし……」

田村はむしろそのほうが望ましいという口ぶりだった。美月への態度が厳しい兄が妻をもらい、ますます我が物顔で振る舞うようになるよりは、美月だけになったこの家を守っていくほうが田村や金本にしてみればやりやすいに違いない。けれど、美月にしてみれば兄にこの家を出てほしくはないし、自分以外の誰かのものになるというのも耐え難い。

結局、兄の結婚についてはそれ以上の具体的な話は何も聞き出せず、美月は沈んだ気持ちで自室に戻る。しばらく体調を崩していて一階の和室で寝起きしていたが、久しぶりに東側の洋館の二階の部屋に戻って生活している。大学のレポートを書いたりするのは、やっぱりデスクのある部屋のほうがいいからだ。

美月が肩にかけていたデイパックを床に置き、溜息交じりに窓辺に立った。広々とした裏庭を見下ろし考えるのは、ここで兄と遊んだ頃のこと。あの頃はまだ「竹下」と名乗っていて、美月にとても優しかった。どうしたらあの頃のように美月に微笑んでくれるのだろう。

この先兄が結婚して家庭を持ち、愛する妻との間に子どもができたりすれば、美月はますますす彼にとって目障りで厄介な存在に成り下がってしまうのだろうか。そんなのは耐えられない。

（いやだっ。兄さんは僕だけのものでいてほしい。これからもずっと……）

美月は思わず両手で頭を抱えてしまう。どうしたらいいんだろうと考えても、思いつくことなど何もない。大きな溜息とともにまた視線を庭に向けたとき、裏門の向こうにチラリと人影が見えた。出入りの業者や宅配便の人だろうかと思った。だが、すぐに違うと気がついた。

それは、いつか表門で見かけた和服の女性だ。その瞬間、美月は急いで部屋から飛び出し、庭へと下りていき裏門のところへ行く。

女性はそこを何度も行ったりきたりしていたようで、美月が裏門を開けると背中を向けていた彼女がちょうどこちらに振り返る瞬間だった。閉じられていたはずの裏門が開き、そこに美月が立っているのを見て、彼女は小さく声を上げて驚いていた。

「あの、うちに何かご用でしょうか？」

そう問いかけながら美月はじっと女性の顔を見つめ、心の中である確信を得た。女性は戸惑いと躊躇《ちゅうちょ》に、結い上げた髪の襟足を指先で撫でながら視線を泳がせる。

「もしかして、克美兄さんの……？」

美月のほうからその言葉を口にした途端、彼女はハッとしたように顔を上げた。今日も和服姿で、化粧が少し濃い感じから今も夜の仕事をしているのだろうと思った。使い込んだクラッチバッグを握り、もう片方の手では肩からかけているショールの前を押さえている。

「あの、ここの坊ちゃんですか？　わたし、竹下といいます。克美はいるかしら？　いたら少しでも会いたいんですけど……」

「竹下」の姓を名乗り兄を呼び捨てにするのは、彼の実の母親しかいないだろう。切れ長の目元や通った鼻筋にも兄の面影がある。美月は彼女を裏門から呼び入れてそこで少し話をした。

「兄さんはまだ仕事です。でも、お母さんが会いにきてくれたと知れば喜ぶと思います」

美月がそう言って彼女を家の中へと招き入れようとしたが、なぜか頑《かたく》なにその場を動こうとはせず複雑な笑みを浮かべたかと思うと、自嘲《じちょう》的な口ぶりで言った。

「あの子が喜ぶもんですか。また厄介者がきたとしか思いませんよ」

「えっ、どうして？」

「わたしはね、実の息子に見限られて捨てられるような母親ですから」

彼女の言葉に、美月はいつかの夜の兄との会話を思い出していた。彼は実の母親のことを詮《せん》索《さく》されたくはない様子だった。

『夜の世界で生きる女がどんなものか少しはわかっているんじゃないのか？　もっとも、正妻に迎えられた女と捨てられた女じゃその後の生き様も違って同然だがな』

美月の母親も京都で芸妓をしていたが、兄の母親もまだ若い頃父親と知り合ったのは銀座《ぎんざ》の店で働いていたときだったはず。そして、兄を身ごもったものの結婚には至らず、一人で子どもを産んで育てたと聞いている。

女手一つで一人息子を国立大学まで行かせ、就職まで見守ってきたところでいきなり実の父親から息子を寄こせと言われ、彼女はどんな気持ちでいたのだろう。兄が実の母親のことを話したがらないのは、彼女を捨てたという後ろめたさを感じているからだろうか。

ただ、言葉にしたら申し訳ないが、生活に疲れどこかやさぐれた目をした彼女といたら、兄の人生は今とは大きく違っていただろう。

「この間も会社のほうへ行ったら、警備の人間に放り出されちゃいましてね。社長様になった途端にこれですからね。仕方なく家のほうにくるしかなかったんですよ」

「そうなんですか……」

どうやら、彼女はこれまでも何度か兄に会いにきていたようだ。兄も母親の生活が苦しいと聞けばそれなりの援助はしていたのだろう。だが、今では「アリモトリゾート開発」の社長という立場にある兄だから、以前の一社員のときとは違い多忙なスケジュールの合間で母親と会う時間を作るのは容易ではないのかもしれない。

美月が同情とともに彼女を見ると、疲れた表情で溜息を漏らしほつれた髪を指先で整えている。襟足の髪を弄《いじ》るのが彼女の癖らしい。その仕草がなんとも言えず夜の淀《よど》んだ空気を匂わせている。

「本当なら、もうあの子に会いにこられる立場ではないんですけどね、ちょっとわたしも今困っているんですよ」

「困っているって？」

美月にはすぐにわからなかったが、彼女が女性特有のシナを作りチラリとこちらを見たときに察するものがあった。

「あ、あの、もしかしてお金ですか？」

途端に彼女は頬を緩めてみせる。

「坊ちゃん、察しがいいじゃないの。ねぇ、あの子に頼んでも用立ててくれるどうか怪しいのよ。なんせ昔から何を考えているのかよくわからない子でね。でも、坊ちゃんはいい子で素直そう。同じ父親でもずいぶんと違うものね」

そう言ったかと思うと、母親の違いかしらなどとわざと自虐的なことを口にして笑う。そして、周囲には誰もいないというのに声を潜めて美月にたずねる。

「いくらか用立ててもらえません？　そんな大金をってわけじゃないんですよ。今月の借金の返済分だけでもあれば助かるんでね。でなけりゃ、店を手放さなくちゃならないんですよ」

彼女の口調からして、困り果てて援助を頼みにきたのは事実だとしても、これまでもこういう金の無心を繰り返してきたらしいことは容易に想像がついた。美月は少し考えてから彼女にたずねる。

「あの、おいくらくらいですか？」

兄の母親はニヤリとずるそうな笑みを浮かべ、美月の耳元で金額を口にした。確かに、それほどの大金というわけではない。少しここで待っていてくれるように言うと、美月は急いで自分の部屋に戻り、大学のテキストや講義に必要な教材を購入するために持っていた現金を取り出した。

大学の一部のブックストアやカフェテリアではカードが使えないため、いつも十万程度の現金は渡されている。それもあまり使うことがなくどんどん溜まっていて、数えてみれば五十万ほどあった。それを全部封筒に入れて裏庭に戻ると、落ち着かない様子で待っていた兄の母親に差し出した。

「あの、今はこれだけしか持ち合わせがなくて……」

彼女は受け取った封筒の中身を確認し、途端に満面の笑みを浮かべてみせる。

「さすがに坊ちゃんは違うわねぇ。とりあえずこれだけあれば、今月分は返済できてお釣りがきますすから。本当にすみませんねぇ」

兄の母親は何度も美月に頭を下げると、封筒をクラッチバッグの中に入れて裏門から出て行こうとする。その彼女を呼び止めて美月が言う。

「あの、兄さんは忙しいので、会いたくても会えないときもあると思います。だから、もし何か困ったことがあれば僕に言ってもらえれば、できるだけ力になりますので」

兄が実の母親を避ける理由はいろいろとあるのかもしれない。それでも、やっぱり母親は母親で、有元に籍が移るまでは一人息子を女手一つで育ててきた人なのだ。兄の心に何かわだかまりがあるというのなら、美月が彼に代わって彼女の力になれればいいと思った。

あるいは、これは彼女から一人息子である兄を奪った罪滅ぼしの気持ちなのかもしれない。

美月の言葉を聞いて、彼女はちょっと寂しげに微笑んだ。

「あなた、本当にいい子なのねぇ。克美もいい弟を持ったじゃないの」

そう言うと、封筒を入れたクラッチバッグをポンポンと手のひらで叩いてみせて、今一度頭を下げて裏門から出て行った。

金本は兄を信州まで送るのに出かけたままだし、田村はこの時間は厨房で若い家政婦たちと夕飯の支度をしている。庭師はすでに帰っていて、兄の母親と美月の密会を知る者は誰もいない。

兄の実母が金の無心にやってきたと知れば、家の者たちはまたあれこれと兄のことを悪く言うかもしれない。これからも彼女がきたときは田村たちに見つからないようにしたほうがいいだろう。

兄に否定的なことを言う人たちの言葉は聞いていて辛い。それがこの家に縁の深い人たちであればあるほど、心に苦いものが溜まっていくようで悲しくなるのだ。

兄の実母を見送ってから美月は裏庭を少し散歩して、あの思い出の木の下までやってくる。

幼い頃、飛ばした紙飛行機が枝に引っかかったあのモチノキだ。

それは東側の洋館の屋根を越えるほどの高さがあり、晩秋の今は赤い実をいっぱいつけている。兄に抱き上げてもらいこの木の枝に手を伸ばした。

あの日の思い出は美月の中でずっと鮮明に残っている。彼の首筋に両手を回しながら、心の中で思っていた。この人は自分にとって誰よりも大切な人になるはず。この手を離したらきっと自分は生きてはいけない。だから、何があってもこの人のそばにいよう。

幼心にそんなふうに誓い、あのときから美月の心は一度も揺らぐことなく兄のそばにある。そう思ってから、ふと乾いた笑みが漏れた。

（どっちだっていい。「竹下」だって、「兄」だって、僕には関係ないもの……）

美月はそう思いながら、モチノキを見上げていた。そのとき、家の中から家政婦の篠原が出てきて、美月に声をかける。

「美月様、ここにいらしたんですか。お部屋に呼びにいったらいらっしゃらないから慌ててしまいましたよ」

本当に慌てて走ってきたのか、手の甲で額の汗を拭《ぬぐ》いながら片手で胸を押さえている。それでも屈託のない笑顔を浮かべる彼女はお世辞にも美人とは言えないが、結婚を約束している年下の男性がいて今は都内で同棲《どうせい》しているという。

同郷の婚約者は不況の煽《あお》りでなかなか正社員の職がなく、彼女が家政婦の仕事をして二人で稼いで今は結婚資金を貯めている最中らしい。一度離婚歴がありすでに三十半ばだが、近頃は珍しくもないだろう。

歳相応の落ち着きもあるしっかり者だが、田村たちのように古くからこの家にいる連中よりは頭が固くない。若い美月にとっては家政婦の中でも話しやすい相手だった。それに、何より彼女は兄に対してそれほど悪い印象を持っていないようなのだ。

単純に兄のスマートさに魅了されているところもあると思う。だからといって、美月に対してもちゃんと心配りをしてくれる。少なくとも、田村や古参の家政婦や運転手の金村のように、美月に気遣うあまり兄に対する不平不満を口にする連中よりは話をしていて気が楽だった。

「篠原さん、いつもありがとう」

美月が言うと、篠原はきょとんとした顔になっていた。

「急にどうしたんですか？　何かお礼を言われるようなことがありましたかしら？」

本当にわからない様子なので、美月が少しだけ視線を伏せて言う。

「あのね、田村さんたちが兄さんに厳しいでしょう。でも、篠原さんはいつも兄さんを庇ってくれるから、僕はすごく嬉しいんだ」

すると、篠原は驚いたように目を見開いてから、照れたように頬を赤らめて手を振ってみせる。

「いやですよ。そんなこと。だって、旦那様は素敵じゃないですか。美月様に厳しいといっても、お二人のときは案外お優しいんじゃないですか。きっとまだお若いから、回りからとやかく言われないよう頑張りすぎているんじゃないですかね。わたしはいつだって美月様の味方ですけど、旦那様の味方でもいたいと思っているんですよ」

　思わず美月が頬を緩めてしまったのは、彼女の言葉が案外的外れでないことだ。兄はああ見えて美月と二人きりのときは少しばかり優しさを見せてくれたりもする。もちろん彼の機嫌次第なのだが、以前のようにこの体を抱き締めてくれることもある。

　ただし、その反面でこれ以上ないほど辛らつな態度で接することもある。己の得た権力と地位をこれ見よがしに美月に見せつけ、自らの優位を知らしめ、彼自身の強さを誇示しようとする。

『よけいなことを詮索せずに、俺の言ったとおりにしていればいい。そうすれば、この家にいられるようにしてやる。だが、あまり目障りな真似をするような俺にも考えがあるからな』

　兄の実母のことを聞いたとき、彼はそんなふうに言ったのだ。彼にも詮索されたくないことがある。そして、美月がそれをしなければこの家で暮らしていてもいいと言った。

　目障りな真似などする気はない。むしろ兄のためになることなら、どんなことであろうとする。美月の容貌に食指を伸ばしてきた連中にも、この体で応えてきた。それもすべては「アリモトリゾート開発」を継いだ兄をサポートするためだ。たとえ「不気味」だと言われても、そうするしかない。

　そんな美月が男に抱かれて帰ってくれば、兄は淫らだと罵《ののし》る。熱を出しても体調を崩しても、兄の態度や言葉は容赦がない。彼の苛立ちをそのまま美月にぶつけてくるのだ。

『何をされた？』

『どんなふうに触られた？　おまえはどんなふうに感じた？』

『何をされても喜ぶ淫乱がっ』

どれほど聞かされてきたかわからない兄の侮蔑の言葉。けれど、そんな言葉を口にする兄こそ、苦渋の表情をして自分自身の胸をかきむしっているのだ。

（可哀想な兄さん。きっと僕以上に苦しんでいるはず……）

美月の胸の内など知らない篠原と、たわいもない世間話をしながら家へと戻る。今夜は兄がいない。寂しいけれど仕方がない。でも、美月だってただ日々を安穏とこの家で過ごしているだけではないのだ。

運命は一度動き出せば止めることはできない。より強い思いが曖昧な思いを呑み込んでいく。絡み合う運命を、人はどうやって受けとめていくのだろう。

少なくとも兄は覚悟を持ってそれを受け入れて、今の彼があるのだ。美月はそんな兄に寄り添うための覚悟をとっくの昔に決めていた。

あのモチノキに手を伸ばした自分は、紙飛行機をつかんだだけではない。美月が本当にこの手につかんだのは、他でもない兄という存在そのものだったと思っている。

その週末、大学が冬期休暇に入った美月《みつき》は、兄が開発候補地として現地視察を行っている信《しん》州《しゅう》へ向かった。開発中のリゾート物件を美月にも見せてくれるというのだ。

こんなことは滅多にあることではない。ビジネスのことは相変わらずわからない美月だが、兄の仕事の現場に呼ばれれば大切な家族として認められている気がしてやっぱり嬉《うれ》しい。

兄は先週から現地のホテルに滞在し、北米《ほくべい》のデベロッパーやクライアントと打ち合わせや交渉をしているが、美月は同じエリアにある有元《ありもと》の別荘に滞在することになっている。

都内の家から金本《かねもと》の運転で約四時間ほどだったが、途中で車酔いをして何度も休憩をせざるを得なかった。金本は美月を労《いたわ》りながら、気まぐれに雪深い信州に呼びつける兄の所業に対して非難めいた言葉を口にする。

「こんな寒いところで、美月様がまた熱を出されないか心配ですねぇ」

田村《たむら》に影響を受けて兄に批判的だが、兄を送迎しているときには愛想を言ったりもしているようだ。そういう意味では、自己主張が強いわけでもない彼の態度はそれほど気にならない。

それでも、あまりに兄に対して不平不満があるようなら、何か対策を考えたほうがいいのかもしれないとぼんやり思っていた。

両親が逝《い》ってしまい、美月が思い知るのは世の中がこんなにも複雑だということだ。たかが家の中の家政婦や運転手のことでも頭を悩ませてしまうのだから、兄が父親に代わって「アリモトリゾート開発」を取り仕切ってくれていることには心から感謝している。

父親が社長だった頃、「アリモトリゾート開発」はデフレの時代を生き延びることに専念していた。内部留保を増やし体力を失わないことを第一に考えてきたわけだが、兄が企業を引き継いだ頃ちょうど国内の経済が少しずつ回復の兆しを見せ始めた。

そこで兄は蓄えたものを一気に投資に回すという方針を打ち出した。時期尚早と危ぶむ声があっても怯《ひる》まなかった。父親のもとで徹底的に経営を実践で学んだ兄は北米への進出に余念がなく、信州のリゾート地の開発についても着々と進めている。

経営の素養など微塵《みじん》もない美月にしてみれば、そんな有能な兄をただ誇らしく思う。兄はカリスマ経営者であった父親の跡を継いで、ときには手段を選ばず非情だという罵《のの》りも受けながらも本当によくやっていると思うのだ。

美月の体調のせいで思ったより時間がかかってしまったが、早く兄に会いたいと心が逸《はや》る。高速道路を下りて一般道を一時間ばかり走り、やがて周辺が真っ白な雪景色に変わっていき、ようやく有元家が所有する別荘に到着した。

そこでは管理会社から委託された地元の夫婦者が、美月を満面の笑顔で出迎えてくれた。今回の利用にあたっては地元の管理会社の者に急遽《きゅうきょ》連絡して、美月が着けばすぐに使えるようガスや水道などの開栓や食材の準備、さらにはベッドメイキングまでを頼んでおいた。

祖父の時代に手に入れたこの別荘は、有元の所有するものの中でも古いものだ。美月でさえ幼少の頃に一度きたきりだった。税金対策として社員の保養所という名目にしているが、実際は有元の人間以外にここを利用する者はいない。

やがて祖父が亡くなり、両親は暖かい地域で休暇を過ごすことが多く、ウィンタースポーツには最適の別荘も利用されなくなって久しかった。だが、しっかりと管理されていたロッジ風の建物は今の時代でも充分快適に過ごせそうだ。

美月が別荘にきた今夜には、兄もホテルから移動してここで一緒に過ごすことになっている。美月はすっかり暖房で温まった部屋の中から雪のちらつく外の景色を眺めていた。

夏の信州は、もとより世界のセレブの間で確かな評価を得ていた。だが、冬もまた北海道《ほっかいどう》ほどではないにしろ充分な雪質と整ったリゾート設備があり、食事やホテルなど世界水準と比較してかなり高いと広まったのは、インターネットの力も大きかっただろう。

飛行時間が八時間ほどの日本は、国内移動などの面倒を旅行代理店に丸投げしてしまえば、北米の富裕層にとっては快適なリゾート地となり得る。一歩進んだ文化的で充実した休暇を日本が提供できるとアピールすることによって、北米に静かなブームを起こす。それが兄の狙《ねら》いで、「アリモトリゾート開発」の次なる大きなターゲットだった。

美月は別荘で老夫婦の用意してくれたお茶を飲み一休みすると、まずは兄へと連絡を入れた。

「今、着きました」

美月の報告に、兄は『わかった』という言葉だけで電話を切ってしまった。何か重要な会議の最中だったのかもしれない。冷たい返事にがっかりすることもない。今日から一週間は兄と一緒に過ごすことができる。こんなに長く兄と二人きりで過ごすのは初めてのことかもしれない。

「体調がよろしくないようでしたら、いつでもお迎えに参りますから」

金本が最後まで心配そうにそう言い残し、老夫婦にくれぐれも美月のことをよろしくと頼み、一人で都内へと車で戻っていった。残った老夫婦は夕食の用意や、ストーブ用の薪《まき》をリビングに運び込むなどあれこれと雑事をしてくれている。

美月は長時間の車での移動に疲れ、寝室で少し横になることにした。金本に運び込んでもらった荷物を適当に広げてから思い立ったようにもう一度携帯電話を取り出して、窓辺のカウチに腰かけて通話ボタンを押す。

携帯電話の電話帳から呼び出していたのは、兄の実の母親の電話番号だ。あれからというもの、彼女はたびたび美月を訪ねてくるようになった。

端的に言うならば、彼女は「味をしめた」ということだろう。最初は借金の返済のための援助のお願いだった。それが少しずつエスカレートしていき、最近ではあれこれと理由を見つけてはまとまった金を工面してほしいと言ってくる。

美月を訪ねてくるときの着物も、以前の着古したものではなく新しく仕立てたものを身に着けていたりする。持っているバッグや羽織っているショールも見るたびに違っている。

渡した金は少しばかり散財しているのかもしれないが、それくらいなんでもない。兄の実の母親なのだから、美月ができることはしてあげたいと思う。兄の胸の内に複雑なものがあるのなら、なおさら美月ができることはあると思うのだ。

『おや、有元の坊ちゃんじゃないですか。この間はどうもありがとうございます』

電話に出た兄の実母は、美月に対して媚《こ》びた声色でさっそく先日用意してあげた金銭の礼を口にする。けれど、美月はそんなお礼の言葉が聞きたかったわけではない。

「お役に立てればよかったです。それより、この間お願いしていた件はどうなりました？」

『ああ、はいはい。あの件ね。大丈夫ですよ。わたしの知り合いにそういうのが得意な人がいましてね。ちゃんとやっておきましたから』

「どうもありがとう。僕じゃどうしたらいいのかわからなくて。でもお母さんが協力してくれたので、とても助かりました」

『お安いご用ですよ。わたしだって自分の息子は可愛いですからね。いくら籍は抜いたとはいえ、あの子はわたしがお腹を痛めて産んだ子ですもの』

「もちろんです。僕だって、兄さんのお母さんは僕の母親も同然だと思っていますから」

『あらあら、そんな勿体《もったい》ないことを言ってもらったら、罰が当たりそうですよ』

「本当にそう思っているんです。だから、困ったときはいつでも言ってください」

美月は心からの労りの言葉を口にする。べつに嘘《うそ》や偽りはない。

『正直助かります。年末年始はあれこれと入り用でねぇ。お店もそろそろ改装したいと思っているし、またよろしくお願いしますね』

あれこれと胸の内で算段しているらしい彼女に、美月は最後に一つだけ念を押しておくのも忘れない。

「ただし、僕が連絡を取っていることは兄さんには内緒にしておいてくださいね。勝手な真似《まね》をしていると叱《しか》られてしまうかもしれないし、お母さんにも迷惑はかけたくないので」

必ず約束すると言って彼女は電話を切った。これまでたびたび金を無心していた兄から距離を置かれ困っていた彼女だが、今度は美月という金ヅルを得てすっかり機嫌がよさそうだ。

美月は携帯電話をベッドに放り出し、少し昼寝をしようと身を横たえる。そして、目を閉じてこれからのことを考えた。

兄が実母と距離を置くようになったきっかけは、もちろん「アリモトリゾート開発」を引き継いだことが主な原因だろう。立場上、断ち切らなければならない関係というものもあるのが現実だ。だが、兄の場合はそればかりが理由ではないようだ。実際、美月も彼女に援助するようになってわかったことがある。

『本当なら、もうあの子に会いにこられる立場ではないんですけどね、ちょっとわたしも今困っているんですよ』

あの言葉の意味が気になった美月は、あれから弁護士の鏑木《かぶらぎ》に相談して兄の母親の経済状況がどうなっているのかを調べてもらった。

もちろん、兄に代わって自分が彼女に相応の援助をすることはやぶさかではない。けれど、もし彼女の存在が兄を苦しめるようなことになれば、それは美月が望むことではないと考えたからだ。

兄は大学を卒業して「アリモトリゾート開発」に就職し、約二年後に有元の籍に入っていた。そのとき、父親は兄の母親にかなりまとまった金額を渡している。すなわち、それは彼女への手切れ金のようなものだった。

受け取ったかぎり、もはや兄との縁は切れたものとして連絡は取らないようにという内容証明も交わしていたようだ。このあたりの手続きは、有元家の顧問弁護士である鏑木自身がすべて取り仕切ったというので間違いない。

兄の母親である竹下麻弥子《たけしたまやこ》は、有元からもらった金を元手にして自分の名前をつけた「クラブ・マヤ」を構えた。しばらくは順調に商売を続けていたが、とある組織の構成員として警察にもマークされている男との関係が深まるにつれ、店の経営状況は悪化していったようだ。一般の客の足が遠のき、組関係者の客が増えていくほどに店の経営も杜撰《ずさん》になり、彼女の生活も乱れていった。

不況の世の中で厳しいのはどこも同じとはいえ、夜の商売はてきめんに打撃を受ける。この状況で資金繰りが苦しくなれば、頼るところは街金《まちきん》しかない。それもかなり高額な利息を要求する貸金業者を利用することになる。だが、そんなところに手を出せば最後、坂道を転がるように破滅に向かうだけのこと。ところが、彼女にはもう一つ頼るところがあった。それが縁を切ったはずの実の息子である。

有元側からまとまった手切れ金を得ておきながら、彼女はその金が底を着くなり約束を反故《ほご》にしたらしい。兄にも産んで育ててもらった恩はあるから、有元の父親には内密にできる範囲で彼女の面倒をみてきた。

『克美さんはこれまでもかなりの金額を援助してきていますね。親孝行と言えるでしょうが、実際問題それでも実母の店は火の車ですよ』

兄にとって母親がどういう存在であったのか、それは兄にしかわからないことだ。美月の遺産相続の手続きに関することで自宅にやってくるたび、鏑木には調べてもらった兄の実母のことを報告してもらっていた。それによると、彼らはけっして良好な母子関係とは言えなかったようだ。

竹下麻弥子が兄を女手一つで苦労して育てたのは事実だ。だが、美談ばかりでもなかったようで、彼女の男癖の悪さに兄は物心ついたころから散々苦労してきた。彼女がつき合っている男から虐待を受けたこともあったようだし、成長してからは母親の男と流血の修羅場になったことも珍しくなかったという。

『警察沙汰《ざた》にならなかったのが幸運だったとしかいいようがないですね』

それが鏑木の正直な感想だった。さらには、大学進学に関しても母親はさほど協力的ではなく、授業料は兄が自らバイトで蓄えた金でまかなっていたらしい。

落ち着いた生活環境ではなく、経済的にも恵まれず、それでも学業とバイトに励み国立大学に入った兄の努力はいかばかりのものであっただろう。そういう苦労をいっさい知らずに育った美月にしてみれば、考えただけで心が痛む。

鏑木からの報告を聞いて、兄が「竹下」の姓から籍を抜くことに抵抗がなかったことは想像にかたくない。彼女が言っていたように、「実の息子に見捨てられる」だけのことをしてきたということだ。

それでも、兄は頼ってくる実母を本気で見捨てることはなかった。少なくとも彼がまだ「アリモトリゾート開発」の一社員であったときは、訪ねてくる母親を追い返すような真似もせず、鏑木の言うように金の工面もしてやっていたのだろう。

だが、兄が今の地位に就いてからは、それも自粛せざるを得ない状況となった。それは世間体という意味だけではない。もっと深刻で重大な問題だ。竹下麻弥子には犯罪に関与している疑いがあるからだ。

『彼女の内縁の夫のことだけの問題ではないでしょうね。今ではいつ捜査の手が入ってもおかしくない状況ですよ』

だから、兄もこの際きっぱりと実母との距離を持とうとしている。そして、鏑木は美月にもあまり彼女とかかわらないほうがいいと忠告した。

いくら世間や世俗のことに疎いとはいえ、その犯罪がどういうものか美月にも想像がついた。何度となく竹下麻弥子に直接会って会話しているが、その都度奇妙に思うことはあった。妙に感情が高ぶって上機嫌かと思えば、金に困って死にたいと涙ながらに訴えるときもある。

着物に金をかけて身だしなみを整えているにもかかわらず、どこかだらしなさを感じるのは夜の商売が長いからばかりではない。とろんと上の空になりがちな視線や香水とは違う何か甘ったるい匂い。暴力団関係者という内縁の夫との関連から想像できる犯罪は、おそらく薬物関係だろう。

それは兄が下手にかかわれば、本当に社会的地位を脅かされることになる。もちろん、美月にも同じことがいえる。だが、彼女には少しばかり助けてもらいたいことがあった。そのことを考えながら美月は疲れた体を横たえ、目を閉じたまま小さな溜息《ためいき》を漏らす。

金本は心配をしながら東京《とうきょう》へ戻っていったが、美月はここで療養すれば大丈夫だと言った。都内でも数日前から冷え込みが厳しくなってきて、少し風邪気味だったせいで車酔いがひどくなったのは間違いない。

（でも、それだけじゃないから……）

ずっと兄の結婚問題が気がかりで、落ち着かない日々を過ごしていたことが美月の体調を悪くしていたのだ。もとより体力がないうえに、ちょっとした精神的な負担で熱を出したり食事が摂《と》れなくなったりする。そんなひ弱な自分を情けなく思うのもいまさらだ。

どうして兄のように利口でたくましく、そして強さと美しさを併せ持って生まれることがなかったのだろう。父親は事故で命を落とさなければ、今でも現役で仕事を続けていただろう。六十半ばを越えて軽い持病はあっても、健康に気遣い心身ともにたくましく丈夫な人だった。母親はといえば、見た目は美月とそっくりで華奢《きゃしゃ》ではあったが、京都《きょうと》の花街で生きてきた彼女には柳の木のようにしなっても折れない強さがあった。

自分だけがこんなにも生命力に欠けている。どうしてこんな体に生まれてきてしまったのだろう。弱さに換わる何かを得たとも思えないけれど、近頃は少しだけ生まれてきた意味を感じられる瞬間がある。

それは、たとえば兄の望む自分でいられたとき。もちろん、一番の望みは彼の腕の中に抱き締められることだけれど、多くは望んでも仕方がない。

生きているだけではお荷物になりかねない自分でも、唯《ただ》一人に認められることがあるとしたら、それはこの体と顔だけだ。兄の言葉で言うのなら、「十九になっても男を匂わせない体。まるで腕のいい職人が造った人形のように整ったきれいな顔」をしているらしい。

この顔や体を愛《め》でたいと思う者がいたならそれでいい。本当に自分にはそれしかないのだから、兄の人生に役立つというのならいくらでも使ってもらってかまわない。

ただ、美月にだって譲れないものがある。どんなにこの身を弄《もてあそ》ばれ、この心を嘲《あざけ》られてもいい。たった一つだけほしいものがあって、それを手に入れるため美月は愚かかもしれない知恵を絞りながら生きているだけのこと。

(僕は兄さんみたいに利口じゃないから仕方がない……)

もう何十回となく自分の胸の中で呟《つぶや》いてきた言葉。自嘲《じちょう》的でも自虐的でもなく、それが事実だから美月は悲しむことも落ち込むこともない。ただ、利用できるものは何か、どうしたら邪魔なものと面倒なことを兄と自分の前から取り除けるか。考えているのはそのことばかり。

兄の実母もある意味では美月の計画のための大切なコマだ。だから、今しばらくは彼女の生活をしっかりサポートしてやればいい。それくらいの金は、美月の日々の小遣い程度でどうとでもなる。

あと少し役立ってもらえれば、鏑木の言うようにかかわりを断ち切ってしまえばいい。最後には兄を悩ませ、その社会的立場を脅かすものを取り去るだけのこと。兄は兄の覚悟と決意があるように、美月もまた自分のできる方法で兄を支えていきたいと思うだけなのだ。

「あっ、い、痛いっ、いやっ、やめて……っ」

美月が掠《かす》れた悲鳴を上げる。それくらいの日本語はわかるのか、男はそれを聞いて楽しそうに笑みを浮かべ、美月の体の中へとグロテスクな道具を押し込んでくる。

裸の手足をばたつかせても、ベッドの上を這《は》いずって逃げようとしても、そんな抵抗は男の巨体からすれば、虫ケラが羽を懸命に動かしている程度にしか見えないのだろう。そして、男は美月の耳元で英語の卑猥《ひわい》な言葉を囁《ささや》き、一人で淫《みだ》らな愉悦に浸っている。

「愛らしい窄《すぼ》まりが生き物みたいに蠢《うごめ》いているぞ。ほら、ほら、どうだ？　一番奥まで届いているのか？　引っ張り出したら、真っ赤な内側がめくれて見えているぞ」

この男の相手をするのは二度目だ。兄が進めている信州のリゾート開発に関して、北米側の代理店で権限を一手に持つ男。ジュリアーニという姓のとおりイタリア系アメリカンだと聞いているが、ラテン系の血がその容貌《ようぼう》にも出ている。ただし、単純に陽気な性格というわけではなく、どこか歪《いびつ》な性癖を持つ男でもある。

彼から「イエス」の返事を得ることができれば、兄はこの案件で大きな進展を得ると同時に、他のどの企業よりも早くこの土地の開発に着手することができる。

どんな業界であっても、パイオニアと二番手の差は大きい。そのアドバンテージを得るために、兄はこの半年あまり懸命に奔走してきた。それを知っているだけに、この男の相手をするときは美月なりに必死だった。

兄に抱かれればどこまでも淫らになれる体だけれど、他の男の腕の中でさえ美月は淫らでいることを求められる。それはときにこの身が千切れそうなほど苦しくて悲しいこと。

（辛《つら》い、辛い……、痛い、痛い……）

美月の心の中で繰り返される言葉。どんな辛い時間も苦しいときも、数を唱えているうち過ぎ去ってしまう。何かの本で読んだことを実践してみるが、辛さも苦しさも一向に和らぐことはなく、いつまで経っても地獄のような時間は終わらない。

そして、その夜は体の痛み以上に美月を苦しめていることがある。それは、美月が男に弄ばれているこの部屋に兄がいることだ。彼は部屋の窓辺に置かれたカウチに腰かけて、いつものようにチェイサーを傍らに置きブランデーを飲んでいる。そんな兄のほうへと手を伸ばした美月が懇願の言葉を口にする。

「も、もういやっ。もう、許して……っ」

だが、兄はどこまでも美月を突き放す。

「彼はおまえのことが気に入っているんだよ。おまえを抱きたくて、わざわざ来日したようなものだ。もっと楽しませてやれよ」

「で、でも、苦しい……っ。道具はいや。痛いから……。お願いっ、もう……」

嗚咽《おえつ》交じりに訴える姿を見て、男が兄に通訳するように言う。だが、兄はわざと美月が喜んでいるように男に伝えてしまう。違うと自らの口で言いたいのだが、それも辛くて喘《あえ》ぎと呻《うめ》き声になってしまい、結局は男をよけいに喜ばせてしまうことになる。

「華奢な骨格や吸いついてくるような肌が最高だな。向こうでは、こういう性別を意識させない子を探すのはなかなか難しいんだ。もっとも、この子は日本人の中でも特別のようだがね」

兄の言うように、美月を攻め立てている男はこの体を嬲《なぶ》ることにすっかり夢中になっている。以前は女装をした若い男が好みだったはずだ。だが、日本にきて若い青年で性別を感じさせない美月のような存在を知り、新しい淫靡《いんび》な遊びを見出したらしい。

今夜はその場に兄も一緒にいるのは、おそらくこの男が望んだ倒錯的な遊びなのかもしれない。さっきから美月を嬲ることに兄も加わるよう誘っている。

「君もこっちへきて遊ばないか。見ているだけじゃつまらないだろう」

兄はそれを軽く断りながらも、美月が男に嬲られる姿をじっと眺めている。こんなことは初めてで、美月にしてもこれまでにないほどの羞恥《しゅうち》を感じている。

「兄さん、お願い、見ないでっ。もう見ないで……っ」

感じたくはないけれど、擦《こす》られ弄《いじ》られていれば美月の体は否応なしに反応してしまう。こんな姿を見られるのは耐え難い。けれど、兄は美月が何をされているか、彼自身の目で確かめることができてむしろ満足しているのかもしれない。

「最初に抱いたときも驚いたが、人形のように愛らしい顔をして、体はなかなかよく仕込まれている。それに泣き顔がいい。怯《おび》えていても誘っているように見える。いったい、誰にここまで仕込まれたんだろうな」

美月を抱いている男が意味深な口調で、わざと兄に問いかける。それに対して、カウチに座ったまま足を組んだ兄は涼しい顔で肩を竦《すく》めてみせる。

「その子はもともと淫らなんですよ。十歳になるかならないかで、男を誘っていたくらいだ」

「ほぉ、そのとき誘われた男というのはもしかして君か？　だったら、応《こた》えてやらなけりゃ可哀想だろう」

だから、一緒にベッドに上がって美月を嬲れと懲りずに誘う。それに対して、兄は苦笑とともに首を小さく横に振ってみせる。すると、男が頑《かたく》なな兄を挑発するようにからかう。

「弟を平気で貢物にするくせに、いまさら良識人ぶるつもりか？」

「半分とはいえ、血の繋《つな》がりがあるのでね。禁忌を犯して地獄へ落ちる気はないだけですよ」

「おや、おもしろい冗談じゃないか。それじゃまるで君が、他には地獄へ落ちるような真似はしていないと言っているように聞こえるぞ」

皮肉な英語のやりとりは美月にも理解ができた。

勉強は進級するのもギリギリの成績で、大学進学もおそらく寄付金によってかなり下駄《げた》を履かせてもらった結果のことだとわかっている。けれど、兄の言うように、英語に関してはそう絶望的でもなかった。中学高校の必須《ひっす》単位の中で、英語だけは美月にとって習っていて苦では

ない科目だったのだ。

英語が巧みな兄の教え方がうまかったこともあるが、人とのコミュニケーションが絶望的に苦手だった美月にとって、外国語というのは自分を偽るのに都合のいいツールだった。

けれど、この状況ではとうてい兄のような流暢《りゅうちょう》な英語など出てくるわけもない。男は美月の体を弄び、辱め、自らの興奮と高ぶりをぶつけてくる。美月はただそれを受けとめて、身悶《みもだ》えるしかないのだ。

繊細な人形を慈しむように、半ば労りながら美月を抱いて愛でる日本人の年配の男性とは違い、この男は肉体的にも精神的にも美月の体を容赦なくいたぶる。そういうサディスティックな性癖の持ち主なのだろう。

せっかく兄と一緒に休日を過ごせると思ったのに、結局はこういう目的で呼び出されただけのことだと思えば、惨めさに嗚咽が漏れる。けれど、そんな姿さえ歪《ゆが》んだ性欲の持ち主である男を喜ばせるばかりだった。やがてひととおり道具を使って遊んだ男は、今度は美月の唇で自分自身をさらに高ぶらせようとする。

男のものを口でするのは好きじゃない。こんなことが好きな人間がいるとは思えないが、美月だって望んでそんなことはしたくない。また、反対に男たちが自分の股間《こかん》にしゃぶりつく姿を見ても怖気《おぞけ》上がりそうになる。

（こんなのはいやだ。嫌いっ、嫌い……っ）

そう思いながら、男の驚くべき大きさのものに唇と口腔《こうこう》を蹂躙《じゅうりん》される。こうして美月が奉仕して怒張させたものが、今度は体の中を抉《えぐ》ってくるのだ。

「さぁて、お兄さんに見てもらおうか。可愛い弟はこんなにも淫乱だとね」

そう言うと、男は美月の体を背後から手を回し、膝裏《ひざ》を抱え上げて股間を大きく開き兄のほうへと向ける。美月は羞恥のあまり、きつく目を閉じてされるがままになっているしかない。さんざん嬲られて勃起している性器は淫らに濡《ぬ》れて、潤滑剤をつけた道具で抉られ続けた窄まりまでが兄の目の前にさらされる。

「銜《くわ》え込むところを見ていろよ。この子は見られるほどに興奮するようだ。それとも、見ているのが君だからかな。前に抱いたときとはまるで反応が違う」

いやなことを言う男だ。美月が隠している恥ずかしいところを暴き立てて、それを兄の前にさらけ出そうとする。

「うう……っ、あく……っ、んんぁ……っ」

「よし、いい子だ。そのまま呑《の》み込んでしまうんだ」

そう言いながら、男が美月の体を自分の股間へと落としていく。美月は身を捩《よじ》りながらも、狭い窄まりが凶器のような塊に押し開かれるのを感じてポロポロと涙をこぼす。

「ああ……、きついな。本当にこの子は最高だ。極東《きょくとう》の国まで抱きにくるだけの価値がある」

やがて壊れた人形のように力なくうな垂れる美月の体を、男が乱暴に上下させる。それだけでは飽き足らず、今度はベッドに横たえて下半身を壊すような勢いで抜き差しを始めた。

もはや声さえも出ない。反対に男は獣のような声を上げて、美月の中で果てる。その間も兄の視線はずっとこの体に注がれていた。

冷たい視線だった。けれど、美月は知っている。その冷たさの奥にゆらりと愛欲の焔《ほむら》が揺らめいている。淫らな体でこのまま欲望の泥沼に落ちていくのもいい。けれど、そのときはきっと一人ではない。兄もともに落ちていく。なぜなら美月はこの両手を彼の首筋に回し、けっして離すつもりはないからだ。

◆◆

「東京へお帰りになったほうがいいんじゃないですか？　田村さんも何かあればすぐに運転手を差し向けるとおっしゃっていましたので……」

別荘に着いた夜、兄に連れ出されていったホテルで男に抱かれた美月だったが、翌朝にはいつものように熱を出してしまい別荘のベッドで横たわったままになっていた。

噂《うわさ》では病弱だと聞いていたものの、その美月がいきなり体調を崩したことで別荘の管理をしてくれている老夫婦はすっかり動揺していた。そして、慌てて東京の田村に報告してしまったらしい。

美月のことに関しては誰よりも心配性の田村の言葉を真に受けて、少し無理をしてでも東京へ戻ってかかりつけの医者に診てもらったほうがいいのではないかと彼らは提案した。だが、兄がそれを止《と》めた。

「下手に動かすこともないだろう。それに微熱だ。この子には珍しいことじゃない」

「しかし、旦那《だんな》様……」

ここで充分な治療を受けずに風邪をこじらせでもしたら、自分たちが責任を問われるのではないかと案じているのだろう。気持ちはわかるが、本当にこれくらいは美月にしてみれば日常茶飯事だ。まして、今回は原因もわかっている。

ジュリアーニという男の抱き方が乱暴で執拗《しつよう》で、美月の体力を奪い寝込ませるのに充分だったというだけのこと。けれど、兄の言うように微熱くらいなら東京にいてもしょっちゅうで、何も雪深い場所にきたからというわけではないのだ。それに、美月にしてみれば兄と二人きりで過ごせる時間は貴重で、せっかくの休暇を台無しにはしたくなかった。

「僕は大丈夫です。いつも飲んでいる薬も持ってきているし、一日横になっていればよくなりますから」

美月がベッドから訴えると、老夫婦はその声が思ったより落ち着いていたので安堵《あんど》したのか、その日も別荘内の雑事や食事の準備をして自分たちの住む隣村へと帰っていった。

その日は週末で、兄は午前中にロサンゼルスへ戻るというジュリアーニをホテルまで見送りにいっただけですぐに戻ってきた。午後は美月の様子を見に部屋にやってくる以外は、別荘のリビングで本を読んだり、ノートパソコンでメールチェックをしたりして過ごしていたようだ。

夕刻になって美月の熱も下がり、用意してもらっていた夕食を兄と一緒に食べた。老夫婦もすでに帰っていたので、シチューとサラダを給仕してくれたのは兄だった。

たったそれだけの優しさが美月にはくすぐったいほど嬉しかった。いつもとは違い田村も他の家政婦もいない二人きりの夕食で、美月はずっと気になっていたことをようやく兄にたずねることができた。

「兄さん、結婚するの?」

唐突な美月の質問に、兄は食事の手を止めずに聞き返す。

「なんの話だ?」

「あの、大学の同じ講義を受けている学生で倉橋《くらはし》さんって人がいて……」

美月は一ヶ月ほど前のキャンパスでの出来事を兄に話して聞かせた。すると、彼はまるで他人事《ひとごと》のように素っ気無く「そんな話もあったな」と答える。

兄は興味がないということだろうか。あるいは、結婚ごときにいちいち心を砕いているほど暇ではないと思っているのかもしれない。どちらであっても美月にはかまわない。ただ、相手が倉橋の姉でなくても、結婚ということが近い将来あるのかどうかそれだけが不安なのだ。

だが、兄はそんな美月の不安などどうでもいいことのように、あっさりと吐き捨てる。

「ビジネスに必要なら結婚もあり得る。だが、そうでなければ、しばらくは考えるつもりはない。先代も結婚は早くはなかったから、それについてとやかく言う者はいないだろう」

「そうなんだ。じゃ、倉橋さんのお姉さんとは……」

美月が確認しようとしたとき、なぜか兄が食事の途中で席を立った。彼はリビングのコーヒーテーブルに昨日から置いてあった茶封筒を持ってくる。それを美月の前に放り投げたので、黙って手に取り中身を出してみた。

「えっ、これって……」

中から出てきたのは何枚かの写真と報告書らしきもの。美月がまず声を上げたのは、写真のほうに目がとまったからだ。写真の女性に見覚えはなかったが、なんとなく誰かに似ていると思った次の瞬間、倉橋茜《あかね》の顔が思い浮かんだ。ただし、彼女より少し年齢が上のようだし、髪型や化粧の感じも違う。

そして、美月が声を出して驚いた理由は、その写真の女性がベッドの上でほとんど裸で写っていたからだ。笑顔で火のついた煙草《たばこ》を片手にしながら、シーツでかろうじて下半身を隠している。すぐに思いついたのは、彼女とてもプライベートな関係にある誰かが撮った写真であろうということ。

報告書のほうにも手を伸ばしてみれば、表紙には「倉橋馨《かおる》に関する調査報告書」という文字があり、すぐ下には探偵事務所の名称が入っている。

ざっと目を通したところ、兄と結婚話が出ていた茜の姉はなかなか奔放な女性のようだった。今年で二十八歳になるが、大学を卒業後はモデル事務所に登録して雑誌関連の仕事を中心にしているとある。確かに一見見栄えのする容貌ではあるが、数多《あまた》といる個性的な美しさを持つモデルの中では平均的な存在という感じだ。

私生活はかなり派手で、過去につき合った男には芸能人やスポーツ選手などの名前もあるが、一流という人物ではなくちょっと名を知られた程度の連中ばかりだ。この写真も過去につき合っていた男性の一人が、彼女にふられた腹癒《はらい》せに流出させたものらしい。いわゆる「リベンジ・ポルノ」というものだろう。

「こんな写真が出てしまうなんて……」

なんだか気の毒だと美月が呟けば、兄はさほど同情した様子もなく素っ気無い態度で今回の結婚話の経緯を語る。

そもそも倉橋馨との話については彼女の父親がぜひにと持ちかけてきたらしく、馨本人も中途半端なモデル業を続けているより「アリモトリゾート開発」の若い三代目の妻になることに魅力を感じていたらしい。

兄自身は具体的に結婚を考えていたわけではないようだが、そんな二人の噂が業界で一人歩きしはじめた矢先、この封筒に名称が記載されている探偵事務所から調査報告書が届いたのだという。

兄が依頼したわけではない。なのに、いきなり送りつけられてきた報告書を奇妙に思い、誰が依頼したのか問い合わせたが、探偵事務所は依頼人については守秘義務があるとして口を割らなかったそうだ。

「倉橋のところとは商売上の取り引きはあるとはいえ、そんな女を妻にする趣味もなければ、特別な理由もないだろう」

「それは、そうだよね……」

美月は安堵とともにそう呟くと、食事の席に戻った兄の顔をチラッとうかがった。

「それに彼女は俺が相手でなくても、しばらく結婚話どころじゃないだろうしな。当分世間に顔を出すこともできないんじゃないか。今もずっと実家で引きこもっているって噂だ」

どういう意味かと首を傾《かし》げたら、兄はなぜか美月の表情をうかがうようにこちらを見つめながら言う。

「俺のところに送られてきたそのプライベート写真だが、誰かがご丁寧にインターネット上にまで流出させたらしい」

「もしかして、彼女にふられた元恋人かな？」

美月がもう一度報告書と写真を見ながら訊《き》いた。兄はもはやそんなことには興味もないと肩を竦めてみせる。

「知ったことか。いずれにしても、ビジネスにマイナスになるような結婚ならしないほうがましだ」

社会的な立場からして、妻を得て家庭を持っているほうが信用されるというのは一昔前の話だ。事実、美月の父親も晩婚で、相手は京都の芸妓《げいぎ》だった。若い頃には政略結婚の話は数多とあっただろうが、そのあたりは奔放であり、自由でいたい人だったのだろう。

兄はまだ三十半ばだ。世間では家庭を持ち、子どもを数人持っている人もいるだろうが、その反面独身でいてもおかしくない年齢だ。少なくとも今の兄の興味はビジネスのことであり、それに役立つ結婚なら考える余地もあるが、そうでないなら急ぐ必要もないと考えている。美月にとって、それは小さな朗報だった。

「でも、よかった。兄さんが結婚してしまったら、僕はまた一人ぼっちになってしまうから……」

美月がそんなことが起きないでほしいという気持ちを込めて言うと、兄は何も聞こえなかったかのように食事を続けていた。

答えてくれなくてもいい。それでも美月は兄に向かって無邪気に微笑む。それはまだ子どもの頃、モチノキの枝に向かって抱き上げてもらったときと同じ気持ち。怖かったのは嘘じゃない。でも、それだけがすべてではない。今もやっぱりそんな気持ちだった。

食事のあと、美月はシャワーを浴びて自宅から持ってきた浴衣《ゆかた》に着替える。いまどきの若者は、旅館や民宿にでも泊まらないかぎり眠るときに浴衣を着ることはないのだろう。だが、美月は芸妓だった母親が縫ってくれた浴衣を幼少の頃から着て眠っていた。なので、この歳《とし》になっても眠るときは浴衣が一番落ち着くのだ。

洗ったばかりの髪をバスタオルで拭《ぬぐ》い、鏡に映る自分の姿を見る。そして、自然と小さな笑みが漏れた。それは、いつか兄が美月を見て言った言葉を思い出していたから。

『おまえはあまりにも美しいが、不気味だ……』

兄の言うとおり、自分という人間は人の目には不気味に映るのかもしれない。でも、それも仕方がない。健康でもなく利口でもなく、何も持たずに生まれてきた美月だが、唯一人と違うものがあるとすればそれはこの容貌だけだ。

この容貌がいいとも悪いともわからない。ただ、多くの者が美月の姿かたちに心寄せるのは事実なのだ。心を寄せたあげくに欲情に駆られるらしい。そういう意味でこの顔と体は不気味なのだろう。けれど、だからこそ大好きな兄の役にも立てる。あるいは、兄の心を繋ぎとめておくこともできる。

どんなに冷たい態度でも、どんなに美月に無体を強いても、兄はきっと美月を見捨てることはないだろう。誰にこの容貌を褒められても、誰にこの体を愛でられても、そんなものは美月にとってどうでもいいことだ。

美月が欲しいのは兄の愛と心だけ。それ以外の人間がどんなにこの体を嬲っても、美月が穢《けが》れ、汚れ、壊れることなどあり得ない。何も持たない非力で無力な自分が「不気味」だなんて、そんな冗談は誰も思いつきはしない。

ただ、兄だけがそれを口にして、美月をおぞましいもののように見る。そのくせ、彼はけっして美月からその視線を外すことがない。外せないのだから仕方がないのだ。だから、兄は心のどこかで美月を恐れている。

(きっと、あの頃から……。もしかしたら、あのときから……)

美月は来年には二十歳になる。人は年齢を重ねて何になるのだろう。美貌しか持たない美月は歳をとるほどに失うだけの人生で、いずれは何もなくなる。そんな自分だからこそ、今だけは生きていると強く感じたい。そして、美月に「生」というものを感じさせてくれるのは、兄以外にはいないのだ。

そんな兄が誰かのものになるなんて、けっして認められることではない。そんなことになったら、美月は生きていても生きていないのと同じことになる。

美月は浴衣の胸元をきちんと合わせて、何も塗っていないのに赤い唇を指先でそっと撫《な》でる。そして、鏡の中の自分に微笑《ほほえ》むときびすを返し、その足で兄の寝室へと向かう。

ノックはするが、返事を待つまでもない。どうせ兄は返事などしてくれない。美月はドアを開けると、亡霊のように部屋の中へと入っていく。兄の姿はベッドにはなかった。

照明はベッドサイドの間接照明だけで、薄暗い中を見渡せば窓辺に立つ兄の姿があった。すでに自室のバスルームでシャワーを浴びたのか、部屋着の上に厚手のカーディガンを羽織っている。そして、今夜もナイトキャップのブランデーを飲んでいる。

父親が死んで「アリモトリゾート開発」を継いでからというもの、強い酒を飲んで眠ることが増えた。きっと抱えているものが多すぎて、強い酒を飲まずには眠れないのだろう。きっとそれは美月だけが知る、兄の辛く苦しんでいる姿なのだ。

「兄さん……」

美月が彼のそばに歩み寄る。こうして二人きりになれる場所にきたのだから、自分たちは求めずにはいられないはず。

すぐそばまで行って兄の胸に頬《ほお》を寄せれば、彼の手が一度美月を引き離そうとする。美月が子どもの頃、優しさとともに抱き締めてくれた手は、いつしかこの体を拒むようになってしまった。その理由を「弟だから」と彼は言う。けれど、それが真実でないことはわかっている。

初めて出会ったとき、彼は美月が自分と同じ血を持つ弟だとすでに知っていた。それは兄が

「アリモトリゾート開発」に就職したことでもあきらかだ。

あの当時、国立大学を卒業した兄には他にも就職できる企業がいくつもあったはずだ。いくら不況で就職難の時代といっても、企業はいつだって有能な人材を欲しているものだ。それでも兄があえて「アリモトリゾート開発」を選んだということは、己の血を実の父親とこの企業の中で認めさせたいという野望があったからに違いない。そして、彼はその野望を強運と自らの実力で勝ち取ったわけだ。

有元の家で初めて美月と出会ったとき、彼は何を思ったのだろう。兄と知らず、はにかんだ様子で自分を見上げる十歳の美月に愛《いと》しさを感じたのか憎しみを感じたのか、それは誰も知る由のないこと。

その後も、兄と知らずに慕い、懐き、やがて成長とともに性的な繋がりを求めるようになった。けれど、それを美月に教えたのは兄自身だ。

兄は美月が異母弟と知りながらこの体を抱き締め口づけ、そして彼の意思で一線を越えた。なのに、今になって禁忌を恐れ、美月を拒むなど許されることではない。兄もそれに気づいているから、苦しんで自分自身を追い詰めている。

(やっぱり、兄さんは可哀想……)

一人で禁忌の罪を悔やみ続けている。そんな兄を見ていて、美月はときどき憐れを感じる。苦しむことなどない。彼は自分の人生から美月を切り離して考えることなどできやしない。美月と出会うことこそが、彼に定められた運命だったのだから。

抗《あらが》いがたい熱情の前に人は無力になる。兄はそれを知り、苦しんできた。美月はそれを知り、生きる喜びを見出した。だから、今度は自分の言葉と体で大丈夫だと教えてあげたい。怯えたり、恐れたりすることはない。彼は何も失うことはないし、誰も彼を糾弾することはない。する者がいても、美月がそれを許さないから。

美月は自分を拒もうとする兄の手を両手で握る。そっと包み込むようにしてその手を自分の胸元へ持ってきて、兄を見上げて微笑みかける。美月はずっと幼い頃からこうして兄を見上げてきた。ずっとこうして彼をそばに感じてきた。これからもそうしたいだけで、他に願うことも思うこともない。

「克美《かつみ》兄さん……」

名前を呼びながら握った兄の手に口づける。美月の赤い唇を手の甲に押し当てると、やるせない吐息が耳に届く。やがて諦《あきら》めとともに、彼の片腕が美月を強く抱き寄せた。ブランデーグラスを窓の桟に置いて、もう片方の手で美月の白い頬をそっと撫でる。

「ジュリアーノの相手は辛かったか?」

もちろん、辛かったに決まっている。でも、美月は小さく首を横に振った。

「兄さんのためになるなら、僕はどんなことでもできるから」

「おまえは……」

兄が美月の顔を見つめながら、自分の言葉を一度は呑み込んだ。だが、すぐに苦笑とも自嘲ともつかない笑みとともに言う。

「本当に奇妙な生き物だ」

「そうなの?」

あるときは「不気味」と呼ばれ、今夜は「奇妙」と言われ、とても普通の兄弟の会話とは思えない。もちろん普通の兄弟など知らないから、それがどんなものかわからない。ただ、あきらかに自分たちの会話がおかしいことはわかる。

けれど、それも仕方のないことだ。兄と美月を取り巻く多くのことが、自分たちの思いや力ではどうすることもできないことばかり。目の前の現実を受け入れることしかできないのだから、自分たちが世間からかけ離れた感覚を持ちながら生きてきたこともまた仕方がない。

「奇妙なだけじゃない。前にも言ったよな。おまえは俺にとっては不気味な生き物なんだよ」

「うん、そうかもしれない。でも……」

どんな言葉も兄がそう言うのなら、美月はあえてそれを受けとめる。なぜなら、十歳の頃から美月を誰よりも知っているのは兄だからだ。

父親よりも母親よりも、乳母《うば》のように世話をしてくれた田村よりも、誰よりも美月の本質を見抜き、知り尽くしている。そして、十歳のときから美月の人格形成に多大な影響を与えてきた者がいるとすれば、それは兄以外にいない。だから、彼の言葉を疑う気はない。事実、美月はそういう生き物だ。

彼は美月に対しておぞましく禍々《まがまが》しいものを見るような目を向けるが、そんな美月を造ったのは他でもない兄自身だ。美月は兄の手によって人の愛を知り、肉欲を覚え、情念の深さを感じ、それらのすべてを手放すことができなくなった。それが今の美月で、それが美月のすべてだった。

この世で異質なものは生き延びるのが難しい。歪で異端で、通常とは違う遺伝子のもとに生まれてきたのが美月なのだ。人と比べてあきらかに劣る部分と、その反面あきらかに突出した何かを持っていることで、かろうじて生き延びている。

けれど、その命の灯《ひ》はあまりにもはかない。美月自身が誰よりもそれを知っている。だから、この世で得られるすべてのものは、この手に握り締めてから死を受け入れたいと思う。

「僕はいつまで僕でいられるのかな?」

美月が兄の胸に頬を寄せながらたずねた。兄の体がわずかに震えたような気がした。ここは信州の中でも雪が深いエリアで、年の瀬も迫った今宵は例年になく冷え込んでいると管理人の老夫婦も言っていた。

部屋の中は暖房で充分に暖められているにもかかわらず、兄の吐く吐息が白く曇っているように見えた。それは彼の心が凍えているからだろうか。だったら、美月がこの体で暖めてあげればいい。

「克美兄さん、抱いて……」

彼の手を引き、ベッドへと誘う。どうか拒まないでほしいと願う美月に、兄は苦悩の表情を浮かべてはいたものの、もはやその手を振り払うことはなかった。

この場所に美月を呼んだのも、きっとこんな夜を兄自身が望んでいたから。拒んでも目を背けても、言葉で罵り続けても、すべては兄の気持ちの裏返しであり、自分の欲望を否定するための苦肉の手段でしかないということだ。

ベッドに座り兄の腕をさらに引き寄せる。彼は美月の前に立ち、じっとこちらを見つめている。その瞳の奥に美月はまた彼の心にくすぶる焔を見る。それは、明らかに美月の心に遠い昔灯《とも》ったあの焔と同じだ。

彼がまだ自分の兄だと知らなかった頃から、美月は運命を感じ、それを信じてきた。兄は美月が異母弟と知りながら運命に飛び込んできた。結局自分たちは同じ魂を持っているのだ。だから、兄のどんな冷たい態度にも耐えられた。誰にもわからない彼の胸の奥にある気持ちを、美月だけは知っていたから。

美月はベッドに座って帯を解き、浴衣の前を開く。真っ白い胸元が薄明かりに照らされる。兄がじっとその姿を見ていて、わずかに眉根《まゆね》を寄せた。彼の視線の先を見れば、昨夜ジュリアーニが残した激しい愛撫《あいぶ》の痕《あと》があった。

他の男に抱かれる美月を兄はどんな思いで見つめていたのだろう。あられもない姿を見て、淫らな美月に苛立《いらだ》ちを感じていたのだろうか。それとも、自分以外の男の腕の中で身悶える姿に少しは嫉妬《しっと》してくれただろうか。

兄の命令だから他の男にも抱かれている。けれど、美月の体は髪の一本から足のつま先まで、すべて兄だけのものだ。そのことを訴えるのは簡単だった。

浴衣を肩から落とし、片足をゆっくりとベッドの縁に乗せる。股間を大きく開く格好で、美月は自分の性器を兄に向かってさらけ出す。プライベートな部分をいっさい隠すことなく、兄に向かって見せる。そして、美月はすでに緩く勃起《ぼっき》しかけているそこを自分の片手で軽く握る。

「淫らな奴め……」

いつものようにそんな言葉を吐きつけられる。

「そうなんだ。でも、仕方がないよ。だって、兄さんが僕に教えたんだもの。だから、いつだってこんなにほしくなってしまうんだ」

だから、そのためならどんなことでもする。兄はそんな美月を「不気味」で「奇妙」と言い、おぞましい生き物を見るような目をしながらも、悲しげな声で呟くのだ。

「美月、おまえを壊してやりたいよ。このきれいな顔も体も、全部粉々にしてやりたい」

「全部、兄さんのものだよ。だから、抱いて。兄さんの手で僕が壊れるまで抱いて……」

誘い促せば、兄は苦渋の色をより強くして美月の体に覆い被《かぶ》さってきた。苦悩に満ち満ちた彼の選択は、それでもやはり美月と生きていくことしかないのだ。

「わかっているんだろう。俺はどんなにおまえを壊したくても壊せない。だから、せめて汚して汚して、汚しきってやろうとしたのに、それでもおまえは汚れもしない。おまえはいったい何者なんだ?」

兄は裸体の美月を唇と舌と両手で撫で回しながら訊く。美月はそれに答える言葉もなく、久しぶりに感じる兄の温《ぬく》もりに甘い吐息を漏らし続ける。

「ああ……っ、兄さんっ、もっと、もっと触って。全部、僕の体中を嘗《な》めて。噛《か》んで。お願い、もっともっと強くして。もっと痛くして……っ」

すると、兄は言われるままに頬を嘗め、肩に歯を立て、胸の突起を少し乱暴に摘《つま》み上げる。どんな刺激にも美月は歓喜の声を上げる。誰も邪魔する者のいない別荘で、兄と二人きりで愛を貪《むさぼ》り合うことができる。

許されないことだとわかっているから、兄は美月を突き放す。突き放されても拒まれても、美月はひたすら兄を慕い続ける。理性と本能が同じ血を分け合った二人の間で絡み合い、結局はどちらもが双方から逃れる術《すべ》を持たないのだ。

兄の手が美月の股間に伸びて、そこをやんわりと握り締めた。

「ああ……っ。兄さんっ」

兄の手の中にある自分自身が、見る見るうちに硬くなっていく。先端はいやらしく濡れて、後ろの窄まりは物欲しげに蠢きはじめているのがわかる。最初にその快感を教えたのは兄だ。

あれから、多くの男たちが美月の体を弄んできた。けれど、美月の体が心底快感に打ち震えるのは、兄自身に貫かれる瞬間以外にない。

そして、きっとそれは兄も同じはずだ。女を抱いたこともあるだろう。結婚を考えたこともあるかもしれない。美月という存在から逃れるために、それは一つの確実な方法だと兄自身はわかっている。それでも、彼は女を選ぶことはできない。

拒んでも突き放しても、心を鬼にして美月を汚しまくっても、結局はすべての痛みが自分に返ってきて兄の心は血を流して苦しんでいる。

「誰に抱かれても駄目なの。僕は兄さんでなければ駄目なんだ。だから、ずっと兄さんのそばにいたい。ずっとそばに置いておいてね」

美月の切望がまた兄を苦しめる。逃れたいのに逃れられない運命が、彼の肩に重くのしかかっているのだろう。美月が自らあられもない格好で兄を求める。昨夜は他の男に嬲られて、淫らに綻《ほころ》んでいるそこに自分の指を持っていく。そして、狭い窄まりを分け開いてここに入れてとねだってみせる。

それでも兄が躊躇《ちゅうちょ》するのなら、潤滑剤をつけて自らの指を抜き差ししてみせる。そればかりか、彼自身にも喜んで唇と舌を這わせて、それが充分に勃起するまで存分に嘗めしゃぶってやりたい。

そんな美月に対して、兄はこの期に及んでも苦悩の表情を浮かべ、呻くように言うのだ。

「俺はどうすればおまえを拒むことができるんだろう……」

「そんなの、無理だよ。兄さんはできないよ。僕を捨てたり、拒んだり、そんなことできるわけがないから。そうでしょう？」

美月がにっこりと笑うと、兄は悲しい笑みを浮かべた。諦めとも承諾ともつかない笑みだった。そして、彼の中の歯止めが外れたかのように、激しく美月の体を抱き締める。

しばらくの間彼の股間にむしゃぶりついていた美月を引き剝《は》がすと、今度は兄が美月自身をその口で愛撫する。薄い毛を分けて睾丸《こうがん》が握られれば悲鳴をあげる。痛みからではない。快感のあまりの喘ぎ声だ。

「あっ、ああ……っ、いいっ、いいっ、もっとしてっ。もっと……」

初めて美月に愛欲の種を植えつけたとき、彼の中にはどんな気持ちが巣喰《すく》っていたのだろう。同じ父親の血を引きながら、何一つ苦労を知らずに恵まれた生活をしている幼い弟への小さな復讐《ふくしゅう》だったのだろうか。

何も知らずに兄を傷つけてきたかもしれないが、美月もまた己の恵まれない遺伝子を惨めに思い、人知れず苦しんできた。二人の出会いは互いの負の力が引き寄せ合った結果であり、孤独な魂は求め合わずにいられなかったのだ。

美月の股間は濡れそぼって、今にも弾《はじ》けそうになっている。その根元を指で押さえつけ、兄は自分自身の準備を整えて後ろの窄まりに怒張したものを押しつける。

他の男に抱かれるときとは違う。これは互いの魂を貪り合う行為であって、欲望を吐き出し合う行為とはまるで違うのだ。

美月の膝裏を持ち上げて、兄のものが窄まりを押し開いて体の中へと入ってくる。熱くて硬いそれが美月を満たしてくれる。これがほしくてほしくて仕方がなかったから、美月は両手を伸ばして兄の首に縋《すが》りつこうとする。

すると、兄もまた手を伸ばしてきて美月の首に手を回す。手のひらで美月の喉《のど》をしっかりつかみ、ゆっくりと力を込めてくる。

「あっ、ああ……っ、ううぁ……っ」

息がじんわりと詰まっていく。

「美月っ、美月……っ。おまえは、おまえは……っ」

美月の体を彼自身で抉りながら、兄はさらに両手に力を込めていく。美月の意識が少しずつ遠のいていく。けれど、怖くはない。快感の中でそれは痺《しび》れるような甘さを美月に与えてくれる。

このまま死んでしまうのだろうか。ぼんやりと思いながら美月はうっとりと笑みを浮かべる。兄の手で命を絶たれるなんて、これ以上の至福はないかもしれない。

「兄さ……ん……」

美月は掠れた声で呟いた。その瞬間、兄はハッとしたように自分の両手を美月の首から離した。それと同時に下半身の動きも止まった。

「い、いやっ。止めないでぇ……」

体の中をかき回すのも、首を絞めるのも、どちらもやめないでほしい。だが、兄はもう首を絞めることはなく、その代わりに唇を重ねてくる。美月は口を開き、兄の舌を迎え入れて口腔の中で自らの舌と絡め合う。

濡れた音が響けば、新たな高ぶりが込み上げてきて兄の下半身がまた美月の体の中を深く抉ってくる。兄自身が引き抜かれそうになるたび美月はそれを失いたくないと、そこをきつく締め上げる。その都度、兄が低い呻き声を漏らす。

「兄さん、お願いっ。僕を一人にしないでね。ずっとそばに置いていてね」

「美月……」

何度懇願しても兄は約束の言葉をくれない。まるでそれを口にしたら、自分の罪を認めてしまうと思っているかのようだ。でも、美月はそれを求め続けることしかできない。

「お願いね。僕を見捨てないで。もし見捨てるなら、いっそ殺してね……」

美月が言うと、兄は悲しい笑みとともに小さく頷《うなず》いたように見えた。

◆◆

『お店をね、改築したんですよ。それで……』

そんな話は前からしていた。そして、その資金援助を頼みたいという話も聞いていた。兄の実母である竹下麻弥子は年明け早々に美月に連絡を取ってきたかと思うと、金の無心を始めた。いつものことなので驚きもしない。

金額的にも最初の頃から比べればずいぶんと膨れ上がってきていたが、それも美月が自分で工面できる金額なので構わない。だが、近頃は兄に会いたいなどと言い出していて、それが美月にとっては少しばかり気がかりなこととなっている。

兄が実母を避けている事実については鏑木に調べてもらって、おおよそ事情はわかっている。それだけに、彼女を兄に近づけたくはない。

(もうそろそろお終《しま》いにしたほうがいいな……)

鏑木は克美に気遣ってなのか、あるいはあまり泥臭い話を美月にすることを好ましく考えていないせいか、竹下麻弥子について「ある犯罪にかかわっている可能性」としか言わなかった。だが、おそらく美月の想像は間違っていないはずだ。

彼女自身も薬物に手を出してどのくらいになるのかわからないが、だんだん制御がきかなくなっているのだろう。美月から金を巻き上げているよりも、もっと手っ取り早く大金を手にしたい。そのためには、「アリモトリゾート開発」の社長である兄を直接揺さぶったほうが手っ取り早いと考えているのがなんとなく透けて見える。

もちろん、彼女の背後で入れ知恵しているのは暴力団関係者の内縁の夫だろう。竹下麻弥子にとって、もはや腹を痛めて産んだ子は金ヅルでしかなくなっているのだ。

兄はどんな女でも母親として庇《かば》い、救いの手を差し伸べたいと思っているのかもしれないが、そんな女を兄に近づけるわけにはいかない。そして、「アリモトリゾート開発」に傷をつけることもさせてはならない。

『とにかく、警察にマークされているような人間ですから、美月さんもあまり深入りはされないほうがいい。同情は必ずしもその人のためにはなりませんよ。克美さんの代わりに援助した金が犯罪に使われてしまっては、かえって仇《あだ》をなしたことになる』

もちろん、美月にしても会社を危機的状況にさらしたり、兄の立場を窮地に追いやったりというのは本意ではなかったのだが、彼女には少しばかり役立ってもらいたいことがあったのだ。けれど、それももう終わった。なので、そろそろカタをつけることにした。

そう思っていた美月は、近いうちに必要な金額は現金で渡すと告げて電話を切ろうとした。彼女に金を渡すときはいつでも現金だ。銀行から振り込んで彼女を援助していた証拠が残るのはよくないような気がしていたからだ。

すると、彼女はいつになく焦った様子で、その現金をいつ頃工面してもらえるのか具体的に教えてほしいと美月に迫る。改築の話が本当かどうか知らないが、とにかく早急に金が必要な事態ではあるらしい。

『ほら、わたしもこの間の件では、少しは坊ちゃんのお力になれたと思うんですよ』

彼女はわざと恩着せがましい口調で言った。もちろん、なんのことを言っているのかわかっている。昨年末には立ち消えになっていたが、兄の結婚話の件だ。

相手は「倉橋エステート」の社長の長女で、周囲はいい縁談だと好意的に受けとめていたようだが、調べてみればモデルをしていた彼女の奔放な私生活が暴かれた形で兄のほうが丁重に断りを入れていた。

つつけば何か出てくるとは思ったが、その役割を美月自身がやるわけにもいかない。後ろ暗いものを探り出すにはそういう世界に通じた人間がいい。

竹下麻弥子の内縁の夫にあたる暴力団関係者は、芸能界やスポーツ界にも黒いつき合いがあると聞いていたので使えると思ったのだ。いろいろと相手の弱味も握っていれば、金次第で汚れ仕事も引き受ける。

『あのモデルのお嬢さんとつき合っていた男もろくでなしでしたけどねぇ。たいして売れてもいないくせにいっぱしの俳優気取りで、ちょっと脅したらすぐに怪しげな写真をあれこれ出してきて……』

探偵事務所から兄のところに届いた倉橋馨に関する調査書の中に、彼女のプライベートショットというにはあまりにもきわどいベッド写真が入っていたが、それのネタ元がその俳優崩れの男だ。もちろん暴力団関係者に脅されて出してきたもので、それを匿名で探偵事務所に回し、あの調査書が出来上がったということだった。

写真のコピーは美月ももらっていたが、そんなものを持っていても仕方がない。なので、インターネット関係に詳しい別の業者に金と一緒に渡しておいた。

「その節は助かりました。兄さんの結婚相手はやっぱりちゃんとした人がいいと思っていたので、あの人との話が立ち消えになって本当によかった。これもお母さんが骨を折ってくれたおかげです」

『いえいえ、わたしだって息子の嫁となれば心配もしますからね』

「じゃ、現金は来週中にでもお渡しできるようにしておきます」

『あら、そうですか？　なんだか急《せ》かしてしまって申し訳ないですねぇ。それじゃ、よろしくお願いしますね』

電話を切ってから、美月はすぐに別のところへ電話をかける。今度は顧問弁護士の鏑木で、彼にはいろいろと相談したいことがあるので、近日中に自宅にきてくれるように頼んでいた。

有元家の顧問弁護士以外にも知人の弁理士事務所の相談役としての仕事もしており多忙な鏑木だが、父親の時代から報酬額を優遇してきたこともあり常に有元の仕事を最優先に考えてくれる。

克美の個人的な財産管理などの手続きも行っているが、「アリモトリゾート開発」に関わる問題については企業弁護士がいるので、兄の場合はそちらに相談することも多いようだ。なので、昨今の鏑木は主に美月の遺産相続や、有元家の内部にある諸々の問題を担当しているのが現状だった。

『美月くんかい？　確か、そちらにうかがうのは明後日の午後の予定だったと思うけれど……』

美月からの電話に、鏑木が自分のスケジュールを確認しながら言う。

「ええ。でも、今度先生と会うときは外で会いたいんです。自宅だと田村さんたちもいて、お話しにくいこともあって。だから、二人きりで……」

美月が電話に向かって囁くように言うと、鏑木はまったく問題はないが場所はどこがいいかと聞かれたので、都内の「アリモトリゾート開発」が所有するホテルに部屋を取っておくと伝えた。

『それから、相談したいことなんですけど、実は……』

美月は電話で鏑木に、兄の実母である竹下麻弥子から執拗《しつよう》に金の無心を受けていることを告げた。すると、電話の向こうで鏑木がさもありなんとばかり溜息を漏らしている。

『言ったでしょう。ああいう人とはあまり深くかかわらないほうがいいと』

「先生の言うことを聞いておけばよかった。でも、兄さんの実のお母さんだと思うと、できることはしてあげたいって思ったんです」

美月は自分の愚かさを悔いているとばかり、沈んだ声でそう言った。

『美月くんの優しさはわかります。でも、これを機会に少し世の中を勉強したと思ってもらいたいですね。とにかく、あとはわたしに任せてもらって大丈夫ですよ。明後日までにこちらも詳しく状況を調べておきますから』

「先生、ありがとう。やっぱり、僕が信じられるのは先生だけ」

反省し、少しばかり打ちひしがれ、さらには鏑木を誰よりも頼りにしていると告げ、明後日の約束の時間を確認して電話を切った。

難しいことはわからない美月だし、自らが行動できるほど心身ともに強くもない。けれど、自分の身を守ることについては誰よりも敏感なところがある。それは、病弱な人間が不摂生な真似をして体に負担をかけないよう気遣うのと同じだ。ただ、美月は自分の健康を気遣うように、兄のことも思っているだけ。

大切な人を傷つける者は許さない。大切な人を自分から奪う者も許さない。そして、彼の心を悩ませるすべてのものを、この手で排除しなければ美月もまた幸せにはなれないのだ。

翌日、大学へ行くと同じ講義を受けている倉橋茜の姿があった。以前は親戚《しんせき》関係になるかもしれないと親しげに声をかけてきた彼女も、あの話が消えてからは美月のことをあからさまに無視している。

倉橋家との縁談がまとまらなかったのは彼女の姉の私生活に問題があったせいで、有元家の落ち度ではない。だが、彼女の姉のプライベート写真の流出は大学でも噂になっていたし、茜にしてみれば気まずさに身の置き所がない気分なのだろう。

そんなことより、今は他に考えなければならないことがある。兄のために、美月がやらなければならないことがあるのだ。

両親が他界して兄が有元の家に入ってからというもの、兄はこれまでの態度を豹変させ美月に対してあからさまに厳しく当たるようになった。一人息子の美月を邪魔者扱いし、いずれはこの家から体よく放逐しようと企《たくら》んでいるのではないか。そして、美月といえば未成年で、病弱で、己の力で世の中を渡っていけるかどうかもわからない。兄に逆らう術もない。

周囲の人間には兄の非道さばかりが目について、どうにかして美月を守ってやらなければと思ったことだろう。田村のように古くから有元に仕えてきた人間ほどそう思ったはずだ。だが、兄が美月を放逐しようなどと考えていないことはわかっていた。

(だって、兄さんは僕のことを嫌っているわけがない。あれもこれも、全部兄さんが教えてくれたんだもの……)

兄がまだ「竹下」と名乗っていたとき、美月を抱いてもそれはまだ取り返しのつく行為だと考えていたはずだ。子どもの美月も成長とともに女性と関係を持てば変わると。

よしんば自分たちが半分血の繋がった兄弟だと公になったとしても、二人の間にあった行為は悪ふざけであったと言い張るつもりだったのだろう。歳の離れた兄が異母弟に性的な遊びを教えただけのことと。

ところが、あるとき兄はそんな言い逃れができないことに気づいてしまったのだ。そして、気づいたときはすでに遅かった。美月は遊びでも通過儀礼でもなく、ただひたすらに兄への思いを募らせていた。

奇《く》しくも同じ頃、実の父親の有元芳美《よしみ》が妻とともにこの世を去った。残された美月は克美が半分血の繋がった異母兄であると知り、それによって二人の関係は大きく変化した。

おそらく、兄は美月を抱いてしまったことに苦悩し、早急にどうにかしなければならないと焦っていたはず。ところが、美月の思いはまったくぶれることなく兄へと向けられている。あまりにも一途《いちず》に、あまりにも淫らにと言ってもいいのかもしれない。

成長しても美月の世界は狭く、世間とはどこか隔離された状態で快楽と快感を知ってしまった。兄の温もり以外に何もほしがろうとしない美月を、突き放す以外に彼にできることはなかったのだろう。

(そんなことで僕が離れていくわけもないのにね……)

最初は兄の冷たい態度に、美月自身も少なからず困惑した。どうしてそんなふうに冷たくされるのかわからずに、一人の寝床で涙を流したこともある。けれど、そのうち兄の気持ちが少しずつ見えてきた。兄は自分のしたことを後悔し、恐れ、怯えているのだ。そう思ったとき、兄に対する困惑が美月の中で消え失せた。

兄への愛を募らせるほどに彼の態度は頑なになっていく。でも、大丈夫だ。自分は恐れもしないし、迷いもしない。ただ、彼のそばにいて愛しい思いとともに寄り添っていようと決めたのだ。

それなのに、兄はそんな美月をさらに突き放そうとした。きっとそれしか自分の過ちをなかったことにする方法が思いつかなかったのだろう。

他の男の慰み者にして美月を汚すのは、会社の利益になると同時に美月との関係をうやむやにしてしまうには都合のいい方法だったのかもしれない。美月が兄に逆らうことができないと知りつつ、彼は無体な真似を次々に強いるようになった。

兄が自分の存在を引き離そうとすればするほど、美月は彼から離れまいとより強く思った。そのときから、美月の中で何か黒くてもやもやとしたものが小さな塊になって心に住みついたような気がする。もしかして、それはよくないものかもしれない。そんな気もしたが、でも兄のそばにいるために必要なことなら何を躊躇するでも、何を厭《いと》うわけでもなかった。

(だって、兄さんに捨てられたら、僕は本当に一人ぼっちになってしまうから……)

どんなに経済的に恵まれていても、虚弱で友達もいなくて寂しい人生だった。そんな美月に手を差し伸べてくれた人に心を奪われて、それが兄だったとあとから教えられたところでもはや心の歯止めなどきくわけもない。この脆《もろ》い体でどれほど生き延びていられるともわからない。だからこそ、美月は自分の命があるかぎり兄の存在を手放すつもりはない。汚したければ汚せばいい。穢せると思うなら穢せばいい。それでも、美月は美月で変わらない。この体にもこの心にも、兄を思い続けるかぎり染み一つ残すことはできないだろう。

ただ、兄の首筋に回しているこの両手が泥に塗《まみ》れていくことだけは止めようもない。鏑木と話したあと、しばらく手にしていた携帯電話を自室のベッドに放り投げる。

あの男は他の連中と違い、まだしも紳士的だ。それほど無体をすることはないだろう。けれど、好きでもない男に抱かれれば美月の体は拒絶反応を起こし、兄へのあてつけのように熱を出す。

それでも、鏑木にはもう少し役立ってもらいたいことがある。そのためには必要なら仕方がない。兄の前にある面倒は全部、美月がこの汚れた手できれいにしてあげる。兄に感謝してほしいなどとは思わない。ただ、彼が心穏やかにこの家にいて、美月のことを優しく抱き締めてくれればそれでいい。

愛しさも恋しさもすべては兄だけにそそがれている。美月のはかない思いはどこまでも透明だから、人々はその奥にある小さな黒い塊になど気づくはずもなかった。

「先生、僕はどうしたらいいのかわからなくて……」

美月の声が彼の耳にはどれほど辛そうに聞こえたのだろう。案の定鏑木は己の職務さえ忘れて美月の体をしっかりと抱き締めてきた。

「大丈夫だよ。君が苦しむことはない。わたしがきっと守ってあげるからね」

鏑木は震える美月の体を抱いて、大きな手で背中をそっと撫でてくれる。まるで小さな子どもをあやすような優しさに満ちている。

約束どおり「アリモトリゾート開発」が所有する都内のホテルの部屋で会って、美月は自分が抱えている悩みをあらためて打ち明けた。こんな話は家ではできやしない。田村や他の家政婦に聞かれ、それが兄の耳にでも入れば、どれほど叱責《しっせき》を受けるかわからないと嗚咽を漏らしながら訴えた。

「それに、お金の問題ではなくて兄さんのことも心配なんです。僕がお金の工面を断れば、きっと兄さんにそれを要求するようになるだろうから」

そんな美月を見ているうちにさらに同情以上の思いが込み上げてきたのか、慰めの言葉とともに何も案じることはないと言う。

他の誰にそんなことを言われても容易に安堵などできないが、やっぱり弁護士の言葉はそれなりに説得力がある。昨日今日雇った弁護士とは違い、鏑木は有元の事情を両親の時代からよく知っているから、細かいことを説明する必要もない。彼はどんな問題に対しても、即座に有元の家と美月のためになる方法を考え出してくれるのだ。

「嬉しい。僕は先生がいれば安心していられるんだ」

何度も家にきてもらい、秋には相続する遺産の件で話をしてきたから、いつしか美月は鏑木に親しげな口調で語るようになっていた。もちろん、鏑木はそれを不快に思うどころか、まるで大切な身内をサポートするように優しくどんなことでもアドバイスしてくれていた。

人好きのする容貌でいて兄と同じように知的な雰囲気があり、学生時代はラグビー部に所属していたという彼は体軀《たいく》もりっぱだ。誰の目にも魅力的な鏑木がなぜ結婚していないのか不思議なのだが、弁護士という職業は恋愛もままならないほど忙しいのだろうか。

まるで遠い日の兄のように、鏑木は美月に真っ直ぐで温かな人柄そのものの優しさを与えてくれる。こういう男も世の中にはいるのだと思った。学校さえろくに通うことなく、友人と呼べる者もおらず、あまりにも狭い世間の中で生きてきた美月だが、両親が他界してからというもの否応なしに現実に直面しているのは事実だ。

兄の実母のような女性もいれば、大学で少し話した倉橋茜のような女性もいる。そして、鏑木のような男もいて、世の中というのはそれだけでも充分に複雑なのだと美月に想像させてくれる。

たくさんのことを一度に考えることなどできない。けれど、たった一つだけ守りたいものがあるから、美月が迷うことはない。

「具体的に向こうの要求は何度あったか、それと金額も覚えているかい？」

鏑木の問いに美月は自分の大学のフォルダーを開き、そこの片隅に書き記した数字を伝える。すべて現金で渡しているのでなんの証拠も残っていないが、鏑木が美月を疑うことはない。最初に五十万を渡してから、これまで合計で四百万ほどを用立てていた。

「兄さんが鏑木先生のアドバイスを受けて、彼女と距離を置いていたことは知っていました。でも、クラブの経営が苦しくて、つき合っている人に借金もあるという話で、なんだか気の毒になってしまったんです。でも、近頃は彼女からの電話も頻繁にあって、そのたびにお金の話をされて正直困っているんです。いくら生活に不自由はしていなくても、僕自身それほど自由になるお金を持っているわけでもないから」

もちろん、それは嘘ではない。先日の電話でも美月がちょっと頼んだことを恩に着せるように店の改築費用が必要だと言ってきた。

「僕がお金の工面に時間がかかると言ったら、直接兄さんの会社に乗り込んでやるって言い出して。後ろでは怖い男の人の声もしているから……」

「要するに、脅されているということだね？」

そうだとは言わずに鏑木の胸に頰を寄せると、潤んだ目で見上げて言った。

「どうしたらいいのかわからないの。兄さんはきっと、勝手な真似をした僕のせいだって言うよ。そうしたら、きっと今以上に疎ましいと思われてしまう。ねぇ、先生、お願い、助けて……」

兄に嫌われれば、あの家から追い出されてしまうかもしれない。美月は何も持たずに路頭に迷うかもしれない。それくらい怯えているのだと訴えると、鏑木はさすがに弁護士としての冷静な判断で笑って落ち着くように言う。

「いくら企業を継いだとはいえ、克美さんにそんな権利はありませんよ。美月くんは有元家の正式な嫡男です。克美さんは先代の血は引いているとはいえ養子という立場ですし、あくまでも企業を継ぐ権利を与えられただけのことです」

有元の家のことに関しては財産も権限も、美月が二十歳になればそのほとんどを継ぐことになると鏑木は説明してくれる。美月の不安そうな表情が鏑木の言葉でじょじょに和らいでいくのを見ると、彼もまた己の役割を果たしたことの満足感に頬を緩める。

「大丈夫ですよ。何も怖がることはない。わたしの言うとおりにしていれば、美月くんは何も案ずることはないんですよ」

「本当に？」

美月は鏑木に抱き締められたまま、彼の顔を見上げて小首を傾げてたずねる。

「もちろんです。竹下麻弥子の件についても、心配にはおよびません。ああいう後ろ暗いところがある連中を黙らせる方法はいくらでもあります。美月くんが心を痛めるようなことではありませんよ」

そう言って力強く頷く彼の胸元に、美月がもう一度頬を寄せた。それと同時に、自分の股間をさりげなく彼の腰に押しつける。その瞬間、鏑木がハッとしたように体を硬くしたのがわかった。

「あっ、あの、美月くん……ん」

うろたえる声を聞きながら、美月は内心微笑んでいた。とても紳士的な鏑木だが、それでも抗いがたい欲望というものがあって当然だ。それはまさに兄も抗えなかったもの。そして、なんの力も持たない美月がたった一つだけ持って生まれたものだ。

「先生がいてくれてよかった……」

美月が赤い唇を舌で嘗めるようにして鏑木に微笑みかけたとき、彼の眼鏡《めがね》の奥の目に欲望の火がついたのがわかった。同時に、美月の体は部屋のベッドへと押し倒されていた。鏑木の理性が折れた瞬間だった。少しばかり気の毒な気もしたけれど、美月には他に方法がない。それに、どうせこの体は多くの男たちの腕の中で乱されてきたのだ。

そのほとんどは兄の仕事のためであったけれど、美月自身のささやかな望みのためにそれを使ってはならないとは誰にも言えないだろう。

「ねぇ、先生、あの怖い人たちを二度と僕の前に現れないようにしてほしいの。先生ならそれができるでしょう?」

怯えながらねだる言葉を鏑木はどんな気持ちで聞いていたのだろう。そこに弁護士としての理性は存在していただろうか。彼は夢中で美月の洋服を剝ぎ取り、首筋や胸元に唇を押しつけながら言う。

「大丈夫だ。大丈夫だからね。わたしにまかせておけばいいんだよ。君は何も心配しなくていい。君を脅かすものなど、わたしがこの手ですべて取り除いてあげるからね」

鏑木の言葉は信じられる。これでまた一つ、美月の心を悩ませる問題はなくなり、兄との生活を脅かすものが取り除かれるはず。

あとは何があるだろうと思いながら、鏑木の愛撫に身をまかせている美月はホテルの白い天井をぼんやり眺めていた。

真っ白な天井にふと小さな染みを見つけた。掃除の手もあんな場所までは行き届かなかったのだろう。だが、次の瞬間本当にそうだろうかと美月が首を傾げる。あるいは、あれは美月の目にだけ見えている染みなのかもしれない。

（まるで僕の心の中にある黒いもやもやとした何か……）

そう思いながら、美月が微《かす》かに頰を緩める。美月は自分が何に対して笑っているのかわからなくなっていた。

そのとき、鏑木の手が下半身に伸びてきて美月の敏感な部分に触れる。そこの状態を探りながらも、自らの息を荒らげて欲情を抑えきれなくなっている。どんな男も同じだ。少なくとも、美月にとっては兄以外の男は誰も皆同じ。

貪りたいだけ貪ればいい。そして、また自分は不気味な存在になっていくのだとしても、そんなことは怖くもなんともなかった。

◆◆

そのニュースを美月《みつき》が知らされたのは、鏑木《かぶらぎ》の口からだった。

ニュースといっても、新聞に載ったりテレビで報道されたりするような内容のものではない。ごくありきたりなどこにでもある犯罪のニュースで、関係者以外は驚きもしなければ見向きもしないようなことだ。

『彼らは少々やりすぎたということです。いい金ヅルをつかんだと思ったんでしょうね。すっかり正体をあらわにしてしまった。だが、美月くんがただの世間知らずの坊ちゃんだと思ったことが大きな間違いでしたね』

美月自身は「世間知らずの坊ちゃん」だが、その背後にはちゃんと支え守る者がいたということだ。

「先生、どうもありがとう。これで兄さんも僕も安心です」

その日、大学での講義を終えた美月が、キャンパスの片隅のベンチに座り鏑木に電話連絡を入れたのは、今回の顚末《てんまつ》について礼を言うためだ。そして、また近いうちに自宅にきてほしいと甘えた声で告げる。

今年の秋には正式に遺産を相続するため、諸々の手続きに関して夏前から準備を始めなければならない。もちろん、それらのすべてに鏑木の助けが必要だ。だが、それ以前に遺産の種類によっては受け取りの是非を判断しなければならないものもある。

受け取りを放棄するにしても、適切な寄付の方法や対象を相談しなければ美月の一存では判断が難しい。税金などが絡む場合もあるので、それについても鏑木のような専門家の知恵が必要になってくる。

遺産の話は細かく面倒には違いないが、大きな心のわだかまりを取り除けた今は少しばかり晴れやかな気分なので美月の表情も穏やかだ。

昨年末よりずっと美月の心を煩わせていたこと。それは、美月に対して頻繁に金の無心をするようになっていた兄の実母のことである。

美月が鏑木に相談したとき、ああいう連中は探れば簡単に後ろ暗いものが見つかるだろうから、何も案じることはないと言っていた。鏑木にしてみれば、さほど労せずとも彼らは簡単にその尻尾《しっぽ》を出した。あるいは、その確たる証拠をつかみ、警察を動かすだけの情報をリークした鏑木の能力を褒めるべきなのだろう。

まずは麻薬取締法違反で竹下麻弥子《たけしたまやこ》の内縁の夫が逮捕され、その捜査が進むにつれ彼女の経営していた「クラブ・マヤ」にも家宅捜索が入り、彼女自身も同罪で身柄を拘束されることとなった。

昨日の夜にはそのことで、家に警察の者がきて兄に話を聞いていった。兄は実質上「竹下」から籍は抜けており、この半年あまりは直接母親と接触はない。なので、警察も兄に対しては無関係と考え、あくまでも参考人としての証言を求めただけだった。

また、美月も簡単な事情聴取を受けたが、竹下麻弥子という女性とは会ったこともなく、今回のこともまったく寝耳に水だったと驚きと困惑交じりに話をすれば、警察はなんの疑いもなく信じたようだ。

というのも、竹下麻弥子本人からもいっさい美月についての話は出ていないからだ。これも鏑木の計算どおりだった。

なぜなら、もし彼女が美月に会っていたことを自ら語れば、同情心にかこつけて必要以上に金銭を巻き上げていたことがばれてしまう。麻薬取締法違反以外にも詐欺や恐喝が罪状に加わっては困る彼女としては、何がなんでも黙っているしかないということだ。

兄と美月が竹下麻弥子の犯罪について無関係であることは警察も認めるところとなったのだが、兄の実母の逮捕というのは有元《ありもと》家にとって不穏な出来事には違いなかった。

鏑木が実母の逮捕の情報を事前に入手して兄に連絡を入れたところ、すでに縁は切れている人だと突き放した言葉を口にしていたそうだ。本音はわからない。だが、いっそこれで兄は実母との関係を完全に断ち切る覚悟ができればいい。いずれにしろ、今の兄には選択の余地はないのだ。

もはや兄は「アリモトリゾート開発」にとってなくてはならない存在となっている。実母を庇《かば》って「アリモトリゾート開発」に多大な打撃を与え、今の地位や社会的立場を危ういものにするなどあり得ない。

そして、竹下麻弥子が再び表の社会に出てくるには、現実問題として数年はかかるだろう。そもそも薬関係の犯罪は執行猶予がつきにくい。二度目であったり暴力団関係者であったりする場合は実刑になる。竹下麻弥子自身は初犯であっても、背後に暴力団関係者の存在が認められているので、量刑は一般人にしては厳しいものになるはずだ。

また今回の件では、竹下麻弥子が「アリモトリゾート開発」三代目社長の実母であることを突き止めたメディアがいなかったわけではない。下世話《げせわ》な週刊誌の記者がかぎまわっていたようだが、世間の注目度が低いネタだけにちょっとした小遣い程度の金銭で簡単に黙らせることができた。

竹下麻弥子の背後にある暴力団と薬関係を探り当て、それを警察に密告したのも鏑木なら、そこにスキャンダルの匂いをかぎつけたハイエナのような記者の口を封じ込めたのも鏑木の仕事だ。彼は本当によくやってくれた。美月の希望を十二分に叶《かな》えてくれて、今もなお美月の味方でいてくれる。

悪党は利用できる。だが、利口な者はそれ以上に使えるということだ。そして、非力で無力な美月はそういう人の力を借りて生きているだけのこと。

実母の件があってからも兄は変わらず仕事に追われていて、よけいなことに心を煩わせている暇はなさそうだった。

その日の夜も遅くに帰宅した兄を出迎えると、彼は疲れているのか不機嫌そうに美月を見た。こういうときはシャワーのあと必ずブランデーを飲んで眠るはず。美月が田村《たむら》に言っていつもどおりグラスや氷を用意してもらい、兄がシャワーから出た頃合を見計らって部屋に運んでいった。

すると、部屋着にカーディガンを羽織った兄がちょうどバスルームから出てきたところだった。彼は美月の姿に一瞥《いちべつ》だけくれてソファに座る。

「あの、兄さん……」

「おい、おまえはいったい何をした？」

「えっ？」

話しかけようとした言葉を遮られ、いきなりそんなことを問われる。

「今度は何をしたと訊《き》いているんだ」

「何って？　今度はって、どういう意味かわからないけど……」

美月が小首を傾《かし》げてみせるが、兄はそんな姿を見て鼻で笑う。他の誰とも違い、彼は美月の上辺《うわべ》の姿などもはやどうでもいいのかもしれない。

「警察がきたときはうまくごまかしていたな。まぁ、おまえのことだから、どうせ直接何をしたわけでもないだろうが……」

兄は何を知っているというのだろう。でも、美月は何も臆することはない。何しろ自分は兄のためになることをしただけで、彼を困らせるようなことはけっしてしていないのだから。

ゆっくりとソファから立ち上がった兄がグラスにブランデーをそそぐ横で、美月はいそいそとチェイサーの水を用意する。

「あの女が逮捕される直前に電話があった」

唐突な言葉に美月が手を止めて兄の顔を見る。

「あの女って、兄さんのお母さんから……？」

何かよけいなことを言ってないだろうか。一瞬案じたものの、彼女はすでに檻《おり》の中の人間だ。何ができるわけでもない。それに、兄に向かって何か言ったところで、美月は知らないふりをするだけだ。

「逮捕だなんて、なんだか気の毒だったね」

他人事《ひとごと》のように言えば、兄は少し呆《あき》れたように肩を竦《すく》めてみせる。

「有元に捨てられてからというものすっかり投げやりになって、つまらん男ばかりに入れあげてきた愚かな女だ。今回の逮捕も自業自得だ」

それは強がりでもなく、案外兄の本音だったのだろう。だが、彼女の電話の内容は兄に救いを求めるばかりではなかったようだ。

「それより、あの女が言っていたぞ。おまえの異母弟はとんでもないとな。はかなげな見かけに騙《だま》されたら、今に俺も足をすくわれるだろうともね」

ブランデーを一口飲んだ兄は美月の二の腕をつかむと、顔をじっと凝視してくる。美月はにっこりと微笑《ほほえ》むと迷いも躊躇《ちゅうちょ》もなく兄の胸元へ手を伸ばした。彼の胸に手を当てれば、心臓の音が手のひらを通して感じられる。

「よくわからないけれど、ただ僕は兄さんのためならなんでもするよ。兄さんを苦しめるものがこの世からなくなってしまえばいいって思っているだけだから」

「美月、おまえという奴は……」

兄がまるで苦いものを呑《の》み込むように名前を呼んだ。

すっかり見慣れた兄の苦悩の表情を見つめながら、やがて両手を伸ばして彼の首筋に抱きつく。幼かったあの日のように抱き上げられた高さに怯《おび》えたふりではなく、はっきりと自分の意思で彼の体を抱き寄せてみた。

すると、兄の小さな呻《うめ》き声が耳に届く。なぜそんな声をあげるのだろう。まだ彼を苦しめているものがあるのだろうか。それはなんだろうと考える。何であっても大丈夫だ。きっと美月がそれを彼の人生から取り除いてあげる。美月はそのために彼のそばにいるのだから。

「美月様、今晩は旦那《だんな》様がお戻りにならないそうです。なので、お夕飯は少し早めにいたしましょうか。明日は大学の講義が一時間目からですし、早くお休みになったほうがよろしいでしょうからね」

兄の実母の問題が片付いてから、ここのところ少しばかり心晴れやかな美月が大学から戻ると、田村がそんなふうに声をかけてきた。彼女は家中の家政婦や運転手、雑用係に食事のだんどりや日々の仕事の指示をしなければならないから、兄や美月の予定はすべて把握している。それは家政婦頭《がしら》として当然のことだ。

けれど、近頃の彼女の過保護ぶりは、まるで生前の母親の魂が乗り移ったかのようだ。美月の大学の講義の時間のことも考えて、起床や就寝時間まで口出しをする。さすがに二十歳になろうかという人間に、それは構いすぎだと思えるし、美月自身もいささか窮屈さを感じていた。

結婚もせず、有元の家にひたすら尽くしてきてくれた彼女の誠実さや生真面目さは美月も感謝している。ただ、彼女は家政婦であって美月の母親ではないのだ。その一線を越えられることは望んでいない。

「兄さんはまた信州《しんしゅう》に行っているの？　仕事が大変そうだけど、今度の週末は少しはゆっくりできるかしら？」

美月が何気なく口にした言葉に、田村から返ってきたのは重い溜息《ためいき》だった。

「お忙しいのは仕方ありませんが、もう少し家のほうのことも考えてくださらないと困りますよ。先代や奥様は地域での慈善活動などにも熱心でいらしたのに、今の旦那様はそういうことにはいっさい無関心ですからね」

地域活動のためにはそれなりの寄付金など出しているのだから、そうとやかく言われることもないと思うのだが、田村は本人が不在で金だけ出しているというのも世間体が悪いと思っているのだろう。世間体といえば、先日の兄の実母の件についても大いに不満があったようだ。

「まったく、この家に勤めて二十年以上になりますけど、よもや警察がくるなんて思いもしませんでしたよ」

「あれは兄さんのせいじゃないもの。それに、兄さんだって実の母親のことだから心を痛めていると思うよ」

美月がさりげなく兄を庇えば、田村はまたやるせない吐息を漏らしてみせる。

「美月様はお優しいですからねぇ。でも、旦那様のことはあまり信用されないほうがいいと思いますよ」

　そんな言葉を家政婦から聞かされれば、さすがに美月も表情が強張《こわば》った。それを見て田村も少し言い過ぎたと思ったのか、慌てて言い訳の言葉を口にする。

「いえね、けっして今の旦那様を悪く言いたいわけではないんですよ。ただ、美月様のことが心配なんです。家のこともですけど、美月様のこともちゃんと考えてくださっているのかどうか……」

「大丈夫だよ。兄さんにはとにかく会社のことを優先してもらって、僕は僕でちゃんと自分のできることをしようと思っているんだ。今年の秋には二十歳になるんだし、いつまでも周囲に甘えてばかりもいられないと思うから……」

　美月がいつになくはっきりと自分の考えを口にしたので、田村もそれ以上は何も言えなくなったようだ。彼女にはずいぶんと長くよく働いてもらった。けれど、すでに世間では定年退職してもいい年齢だ。ただし、彼女自身はまだまだ元気で気力にも満ちているし、何よりこの先も美月の成長を見守りたいという気持ちがあるのだろう。

（その気持ちは嬉《うれ》しいけど……）

　そろそろ家のこともきちんと考えていかなければならないのかもしれない。そのことについても鏑木に相談できるだろうか。彼はいつだって美月の味方で、美月のためならたいていの望みは叶えてくれる。

一つ一つと美月の希望が現実のものになっていく。こんなふうになるなんて考えたこともなかったのに、両親があの不慮の事故で亡くなった日から奇妙な運命の歯車が回りはじめた。同時に、美月の思いも止まらなくなってしまった。

仕方のないことというのがあるのだ。まるでそうなるように何かが仕向けているとしか思えないことがある。逆らえない美月が悪いと誰が責めるというのだろう。逆らう力も抗《あらが》う力も持たずに生まれてきたのだ。

そして、兄がそんな美月の前に現れたのは、やはりそれが彼の運命だったから。彼もまた懸命にもがいてはみたものの、運命に逆らいそこから逃げ出す力も勇気もなかったのだ。

美月は先日の夜の兄の苦悩の表情を思い出す。実母のことはもう大丈夫だ。彼女が兄の心を悩ませることはしばらくないだろう。では、まだ兄を煩わせているものはと考えてみたとき、やっぱりそろそろこの家の中を整理しなければならないように思えた。そこで美月は再び鏑木の力を借りることにした。

「長く働いてもらったので、できるだけ角の立たないようにしたいんです。もちろん、退職金として、謝礼も充分にしてあげたいと思っています」

美月が言うと、鏑木はあっさりと適当な手段を講じましょうと約束してくれた。

「確かに、代替わりがした家で古くからいる家政婦というのは、ときには厄介な存在になりかねない。わたしも田村さんのことはよく知っているだけにこういう言い方をしては申し訳ないが、少々先代に肩入れしすぎのところはありますからね。ただ……」

　鏑木は美月の相談を快く引き受けてくれたかと思ったが、なぜかその表情を曇らせて言葉を濁す。そんな彼を見て美月が少し首を傾げてみせる。

　今日もまた「アリモトリゾート開発」が所有するホテルの一室で会っていたが、鏑木は美月のそばにきて少し大胆に体を抱き寄せようとする。

「あっ、せ、先生……」

　美月が恥じらって身をかわそうとしたが、彼がしっかりと二の腕をつかみ真剣な顔で問いかけてくる。

「ところで、君に確認したいことがあるんだが……」

「確認したいこと？」

　なんのことかわからない美月が呟《つぶや》くように繰り返した。

「克美《かつみ》さんはあの若さで企業のトップとしてはよくやっていると思う。ただ、田村さんの案じていることもわからないではない」

「彼女が兄さんのやり方を気に入らないのは知っています。特に僕に対する態度については、快く思っていないようで……」

「美月くんのことを、取り引き相手の接待の場に連れ出したりすることも多々あると聞いているよ」

田村は田村で顧問弁護士の鏑木を味方にして、兄がこれ以上我が物顔で振る舞うことのないよう彼女なりに画策していたようだ。

「でも、それも僕のためなんです」

「本当にそう思っているのかい？」

田村に何を吹き込まれたのか知らないが鏑木は疑わしげだ。

「将来は僕も『アリモトリゾート開発』でそれなりの職に就かなければならないだろうし、今から顔つなぎをしておいてもいいだろうという兄の考えです。もちろん学生だし未成年だから、接待といってもお食事におつき合いする程度のことなんですよ。でも、僕が病弱なことを田村さんは過剰に心配しているんです」

「だが、帰宅が遅くなったり、泊まって翌日戻ってくることもあると聞いているよ。そして、体調を崩して大学に行けなかったこともあるという話だ」

そんなことまで告げ口しているとは思わず、美月はちょっと困惑した表情になる。

「それは、もともと僕が虚弱だから……。田村さんは少し大げさに言っているだけです。それに、これは僕が望んでやっていることなんです」

「美月くんが？」

美月の真意を測ろうとしている鏑木に、はっきりと頷《うなず》いて言った。

「両親が突然に逝《い》ってしまい、兄は急遽《きゅうきょ》会社を継ぐことになって本当に苦労したと思います。

今も北米《ほくべい》との取り引きなどで毎日大変なんです。だから、僕も学生だけど自分のできることをして兄を支えていくのは当然だと思っています」

もちろん、この言葉に嘘《うそ》はない。さらに美月は鏑木を説得しようと言葉を続ける。

「僕はこんなふうに兄さんに必要にされて嬉しいんです。どうにか入学できたけれどたいした大学でもないし、経済学を学んでいるといっても成績もどうにか進級できる程度でしょう。社会に出てもどのくらい使い物になるかわからない。そんな僕にちゃんと将来の道筋をつけてくれようとしている。兄さんは兄さんなりに、厳しいけれど真剣に僕の将来を考えてくれているんだと思います」

美月はにっこりと笑って鏑木を見上げる。すると、彼は一瞬言葉に詰まったようだが、やがて美月の頬《ほお》を手のひらでそっと撫《な》でたかと思うと、その手をシャツの胸元へと持っていく。その瞬間、今日にかぎってハッとしたように美月が体を引いたのは、そこに先日の情事の痕《あと》がまだ残っていることを思い出したから。

兄に抱かれたものではない。つい先週、取り引き相手が待つホテルへ行かされたばかりなのだ。美月が苦手にしている谷崎《たにざき》という男で、体を拘束して嬲《なぶ》るのが趣味なのだ。

ジュリアーニの抱き方も嫌いだったが、日本人の中では谷崎が一番嫌いだった。でも、兄に命じられたら美月は逆らうことはできない。すると、警戒心をあらわにした美月を見て鏑木が小さな溜息を漏らす。

「まさかと思って少し調べさせてもらったんだが……」

その言葉にいやな予感がした。美月が途端に頬を強張らせて鏑木を見つめる。

「もしかして、君はその……」

調べたというかぎり彼にも思い当たることはあるのだろうが、さすがにそれを口にするのは憚《はばか》られるようだ。倫理的に非難することはできても、一応鏑木にとって有元の人間は雇い主であるのは間違いないのだから。

不安に身を縮めるようにしている美月を見つめながらしばしの沈黙を続けた鏑木だが、細い眼鏡《めがね》のフレームを指先で持ち上げてから言った。

「そういう接待を強いられているんじゃないか?」

「そ、そういう……?」

美月はわざとわからないふりをしたのは、鏑木がどこまで何を知っているか探るためだ。そんな様子を見て、秘密がばれることに怯えていると思ったようだ。じりじりと後ずさる美月を驚かせないようゆっくりと近づいてくると、両手を肩にのせて少し身を屈《かが》めこちらをのぞき込む。それから、小さく咳払《せきばら》いを一つしてはっきりと訊いた。

「つまり、性的な相手をさせられているのではないかということだよ。もしそうであるなら、わたしは有元家の顧問弁護士ではなく一人の人間として克美さんを糾弾することもやぶさかではない」

ひぃっと美月が息を呑み込んだのを見て、鏑木は確信を得たように小さく首を振って溜息を漏らす。

「君を抱いたとき少し奇妙に思った。慣れているとは言わないが、想像していたより抵抗がないのでもしかしてと思ったんだが……」

きっかけはそれだったかもしれない。けっこう夢中で美月の体を貪《むさぼ》っていたように思えたが、さすがは弁護士ということだろうか。美月の反応を意外にも冷静に見ていたようだ。だが、憶測だけでものを言うはずもない。ごまかそうとしても、調べたという彼にはそれだけの裏づけがあるはず。だとしたら、あとは美月の気持ち次第ということになる。つまり、それが合意のことかそうでないか、おそらく鏑木が確認したいのはその点についてだ。

「先生……」

美月は鏑木のことを見上げながら、シャツの胸元をおさえて体を震わせる。

「お願い、兄さんを悪く言わないで。僕は兄さんを助けるためなら、なんでもするって決めたから。これは無理強いじゃない。だって、僕にはもう兄さんしかいないんだ。僕は一人じゃ何もできないもの……」

美月の嗚咽《おえつ》交じりの言葉を聞いて、鏑木はにわかに語気を強めた。

「美月くん、それは違うだろうっ」

ビクリと体を震わせると、彼は美月の体を強く抱き締めてきた。

「わたしはいつでも君の味方だ。君を守るためにはどんなことでもしよう。だから、そういう自虐的な考えは捨てなさい。君は君でりっぱな有元家の跡取りだ。克美さんに何も遠慮などすることはないし、まして彼の無体な命令に従う必要もない」

「で、でも、でも、僕は……」

美月は怯えた声で言いかけた言葉をわざと呑み込み、そのまま鏑木の胸に縋《すが》る。このときの美月の心に計算などない。半ば本気で混乱していたのだ。

いつだってそうだ。田村が美月を過剰に気遣うことにも感謝の念がないわけではない。兄の実母がこの家にやってきたときだって、美月は本気で彼女に同情していた。自分の思いには一点の迷いも曇りもない。ただ、その先にあるのは兄である克美へのより強い思いなのだ。だから、取り引き相手に体を嬲らせてきたことも楽しんではいないし望んでもいないが、兄のためなら耐えられた。まして、自分さえ黙っていれば誰にもこのことを知られず、誰からも倫理的な是非を問われはしないと思っていた。それを鏑木に指摘され、正直ひどく困惑している。

美月には世間の常識が少しばかり欠けているのかもしれない。あるいは、世の中がそう単純で甘くないということを知らずに生きてきたのも事実だ。

それを自覚したのはごく最近で、以前の自分にはそれに気づかせてくれるものも人もなかったのだ。だから、世間がそれを許さないと言ったところで美月にはどうすることもできない。

そして、鏑木がそれを過ちだと非難するのなら、それもまた考えなければならないことなのだろう。

家の中の人間関係しか知らずに生きてきた美月にとって、世の中は本当に面倒で難しい。鏑木のように知恵のある者の力を借りなければ、美月などは一瞬のうちに息の根を止められてしまいそうなのが世の中だ。

「先生、兄さんのことを責めないでね。僕から兄さんを奪わないでね。だって、僕は一人ぼっちになってしまうから。そんなの寂しすぎるもの……」

それでも美月が不安そうに両手を合わせて懇願するように言えば、鏑木がそんなことはないと頬と髪を撫でて何度も説得しようとする。

「いいかい。君は急にご両親を失い、気持ちの整理ができないうちに克美さんにあれこれと言われて混乱してしまったのかもしれない。けれど、ちゃんと落ち着いて考えてみればいいことだ」

「落ち着いて考える……？」

それはどういう意味かと美月が視線で問いかけると、鏑木は丁寧な言葉で優しく教えてくれる。

「企業のことと有元の家のことはきちんと分けて考えればいいんだよ。君は何も不安に思うことはない。ご両親は体の弱い一人息子のことを思って、充分な財産を残してくれているんだ。

それを享受することは君に与えられた当然の権利だ。そのことに関して躊躇する必要もないし、ましてて罪悪感を覚える必要もない」

鏑木は美月が何もできず、社会的に自立が難しい自分の将来を案じていると思ったのだろう。そのせいで、いつしか兄に服従しなければ生きていけないと思い込んでいると勘違いしているのだ。

だから、美月へ贈与される遺産はけっして少ないものではなく、税金を支払ったとしても病弱な体に無理を強いてまで働かなければならないような立場でもないと、噛《か》み砕くようにして優しく教えてくれる。まして、兄の言うとおりにしなければあの家を追い出されるような条件など何もないと説明してくれた。

「克美さんにも過剰なほどの権利が譲渡されている。だから、君は何も彼に遠慮することもなければ、望まないことで服従を強いられるような立場でもない。君は君で充分に独立してやっていけるんだ」

「そうなの……?」

まるで思いもしなかったことを聞かされたような顔でたずねると、鏑木は力強く答える。

「何度も言っているだろう。いつだってわたしが力を貸すよ。それに、わたしは君がとても愛《いと》しいんだよ。もう弁護士だとかそんな問題じゃない。一人の男として、君のことをとても大切にしたいと思うんだ」

鏑木は鏑木なりに誠実なのだ。それは、田村が美月のことを実の子どもを案じるように接するのと同じなのだろう。愛しいと思われることや慈しまれることはこんなにも心地いい。それで満足していられたならよかったのだけれど、美月はそうではない。だから、胸の内は秘めたままできるだけ愛らしく、無邪気とも思える素振りで確認する。

「じゃ、先生が僕のことを守ってくれる？　ずっとそばにいてくれるの？」

「ああ、きっとそうするよ。この歳《とし》になるまで巡り会える人もいなかった。それは多分、君という存在に出会うためだったんだと思う。だから、これからのことは全部わたしに任せてくれないか？」

美月は彼の腕の中で小さく体を震わせながら、赤い唇で告げる。

「嬉しい……。きっとね、先生……」

そう囁《ささや》いて、美月は鏑木の首に白い両手を回す。鏑木もまたそんな美月を抱き締めて唇を重ねてくる。優しく、労《いたわ》りながらも美月への情熱がひしひしと伝わってくる。

『おまえは不気味な生き物だ……』

そのとき、兄のあの言葉がまた美月の脳裏に響いてきた。そして、美月は鏑木の腕に身を任せながら微《かす》かに微笑む。本当に自分という生き物は、不気味なだけでなく「醜い化け者」のような気がして震え上がる。でも、どうしようもないのだ。人にはそれぞれ生まれ持った「性《さが》」というものがあるのだろう。

それは、生まれ持った性質や特性と同じで、いいことも悪いこともある。美月には美月の「性」があり、それから逃れるのは容易ではない。

誰も傷つけたいわけじゃない。誰を苦しめたいわけでもない。ただ、無力で生きる知恵を持たない自分が、それでもどうにかして生き延びようと懸命に知恵を巡らせているだけのこと。

幼少の頃から友達もおらず、すぐに熱を出して寝床に臥《ふ》しているような生活だったから、物欲を覚えることすらなかった。友達の一人もいれば、その子が持っているものを欲しがることもあっただろうに、そんな欲望さえ美月にはなかったのだ。

そのせいもあって、本当にほしいものができたときほしいと言うのがいけないとは教わらなかった美月は、迷うことなくそれに手を伸ばした。もちろん、それは兄のことであり、他の誰でもなく、他の何にも換えることはできないのだ。

「鏑木先生は優しいから、僕は一緒にいるととても安心できるの。先生だけが僕に正しいことを教えてくれる」

彼が美月の体を愛撫《あいぶ》する合間も、そんな言葉を口にした。嘘ではない。本当に鏑木は美月のことを思ってくれている。何が間違っていて何が正しいかも教えてくれる。この体を抱いても、兄に命令されて身をまかせる取り引き相手のように、自らの権利を美月に対して行使することで欲望のはけ口とすることもない。

こういう真っ当な人もいるのだと知ったことは悪くなかったかもしれない。ただ、それは少しばかり遅すぎた。美月の心はすでに兄のもので他の誰かのものになりようがないのだ。

（だって、兄さんほど僕を愛してくれる人はいないもの……）

美月は自分の本能で気づいている。田村の母性本能も、鏑木の庇護《ひご》欲も愛情には違いない。でも、それは美月のほしいものとは違う。もっと切実に自分だけに向けられる抗いがたい何かが必要なのだ。この命さえ喰《く》い尽くしてしまいそうなほどに自分を求めてほしい。

兄は美月との血の繋がりに苦悩し、それを引き離そうともがきながらもなおこの体を欲してくれる。それこそが断ち切れない、抗いがたい愛欲だ。こんな人は他に誰もいない。これ以上の愛の意味と重さを美月は見出せない。

「美月くん、わたしは君を愛しているんだ」

鏑木は裸にした美月の体を撫で回し、唇に押しつけ、夢中でその愛を訴えてくる。それでも、美月の心が満たされることはない。

（この人も、そろそろお終《しま》いにしなくっちゃ……）

彼に体を開かれながら、美月は虚《うつ》ろな思いで考えていた。鏑木はずいぶんと力を貸してくれた。だが、少しばかり彼のことを甘く考えていたかもしれない。竹下麻弥子やその背後にいた暴力団の下っ端構成員であった男とは違い、彼はそれだけの知恵があるので兄を糾弾する側に回られると厄介だ。

美月は兄との運命を邪魔する者を許すつもりはない。一つ一つ自分の望みを叶えていくだけのこと。そのためには手段などどうでもいい。美月は美月のやり方でそれを手に入れるしかないのだから。

「ねぇ、先生。今度一緒に信州の別荘で過ごしたいな。遺産相続の話をしたら、ゆっくりと休暇を楽しみたい。数日でもいいから、二人きりで過ごすの。きっととても楽しいと思う」

美月が言うと、鏑木は他の仕事のことを思いながらも時間を作ると約束してくれた。今年の冬に兄と過ごしたあの別荘は、いくら管理が行き届いているといっても今の時代には設備などに古さが目立つ。リフォームするよりも、今度「アリモトリゾート開発」が手がける施設のコンドミニアムを利用するほうがきっと便利になるだろう。だが、処分をする前に、その別荘にもう一仕事してもらえれば充分に価値はあったと言えるのではないだろうか。

「まだ雪が残っているかな。でも、そんな景色もすごく素敵なの」

美月の言葉に鏑木は優しく微笑み、美月と過ごせる休暇がとても楽しみだと言った。けれど、どんなに優しく美月に笑いかけたところで無駄だ。兄の敵になる人間を美月は許さない。たとえ両親の時代からの弁護士であろうと、自分が生まれる前から勤めていた家政婦であろうと同じこと。

兄と二人で暮らす生活が確かなものになればいい。美月の望みはそれだけで、そのために役立ってもらえればいい。そして、その役割が終われば興味を失ってしまうのは仕方がないことだった。

（だって、僕はそうだから……）

美月は鏑木の腕の中で悲しく呟く。「不気味な生き物」であることが悲しかったわけではない。こんな「不気味で奇妙な生き物」にとり憑《つ》かれた兄が憐れだったからだ。

◆◆

昨年から今年にかけて、なぜかこの別荘地に縁がある。

幼少のときに一度訪れたきりだったのに、移動中のヘリコプター事故で亡くなった両親が視察にきていたのもこの地だったたし、昨年の年末は兄とともにここで過ごした。

おそらく来年の今頃は、この近隣に北米のデベロッパーと共同開発した「アリモトリゾート開発」の施設が出来上がり、北米の富裕層の別荘地としての注目を浴びることになるだろう。その頃、美月はどこで何をしているだろう。何をしていても、きっと自分の傍らには必ず兄の姿があるはず。

今はまだ春も浅く、山を見上げれば雪も残っている。ロッジ風の別荘で美月はこの体を抱かれながら、心はやっぱり虚ろにさまよっている。

誰に抱かれても感じて果てる。けれど、体はただの器だ。いつ朽ち果てるともわからなかったこの器が、心を持ったときから不思議と強くなった。それは、文字どおり健康になったという意味でもある。

虚弱でまともに学校さえ通えなかった美月なのに、男に抱かれても今は耐えられる。もちろん、少し無理をすればすぐに熱を出してしまうのは変わらないけれど、幼少の頃のように生きるか死ぬかの大騒ぎはしなくなった。

美月が心を持ったのは、もちろんあの日から。大切な人に出会い、その人といたいと思い、その願いを叶えるためならどんなことでもしようと決めた日だ。

「本当にきれいな体をしているよ。女性とは違うが、それがなんだかとてもいい。君は性別などない生き物のようだ」

美月を抱いた男は誰もがそう言う。美月自身は女性を抱いたことがないので、その違いを自分で実感したことはない。ただ、他の男たちが惑わされるこの体が兄にとっても充分に魅力的であればそれでいい。

「小さい頃はお医者様に長くは生きられないだろうって言われたの。でも、僕はこうして生きているのに、父さんと母さんがこんなに早くに逝ってしまうなんて思いもしなかった」

美月は両親の不幸な事故を思い出して、裸の体を小さく震わせる。

「可哀想に。いろいろと不安だったと思うよ。わたしももっと早くに君の相談にのってあげていればよかったと、今は少しばかり後悔している。そうすれば、克美さんにあんな真似《まね》を強いられることもなかっただろうに……」

「平気。今は先生が助けてくれるから、もう何も不安じゃない」

鏑木に抱かれながら美月が言うと、眼鏡を外して微笑む彼の目には庇護欲とともに独占欲の色が滲《にじ》んでいた。これもまた美月を抱いた誰もがそんな目になる。けれど、誰のものにもなれないし、なりたくもない。

兄の命令で体をまかせてきた男たちは、しょせん即物的な欲望を満たしているだけのこと。だが、鏑木は違う。彼は本気で美月を自分のものにしようとしている。彼のその気持ちは危険で、美月にとっては望ましいものではない。

なぜなら、彼は美月を手に入れるためには克美を陥れる可能性があるから。兄が美月に強いてきたことの不当性を追及されては困るのだ。美月は合意であったと訴えたとしても、未成年であったことは事実で兄は社会的に厳しい立場に追い込まれるかもしれない。

鏑木は優秀な弁護士であり、有元の内情をよく知っているだけに、他の弁護士を立てて彼と戦うのは面倒なことになるだろう。兄の心を煩わせることは美月の望むところではない。それでなくても、兄の実母の件でもいろいろと手を回してもらった事実もあり、彼という存在そのものが今後は兄と美月にとっての爆弾になりかねない。

「ねぇ、先生のお仕事は東京《とうきょう》でしかできないの？」

美月の問いかけに鏑木が口づけを繰り返しながら、どういう意味かと問いかける。

「僕ね、もうあの家を出ようかと思っているんです。いつまでも兄のそばにいてはいけない気がして……」

鏑木の愛撫に身を捩《よじ》りながら美月が言うと、彼の目が興味深そうに輝いた。美月の口から兄との決別が出たのは、鏑木にしてみれば耳を傾けるに充分な話だっただろう。

「この土地は祖父の代からの縁もあるし、僕自身もとても気に入っているんです」

「確かに、冬の寒さは厳しいかもしれないが、空気はいいし君の健康にもいい場所かもしれない。何もあくせくした東京で暮らすことはないし、まして克美さんのそばにいて辛《つら》い思いをすることもない」

美月はにっこりと笑って頷く。

「でも、一人では寂しいから……」

だから、鏑木が一緒にいてくれたら嬉しいと彼の耳元で囁いた。すると、美月の股間《こかん》からさらに奥へと潜り込んできた手が窄《すぼ》まりを探りながら言う。

「すぐには無理だろうけれど、少しずつこちらに仕事を移していくことも可能だと思うよ」

「本当に？」

「君のためなら、そうするだけの価値はあると思える」

「そうすれば、遺産の管理も先生にお願いできるし、僕はずっと安心して暮らせるようになるのね」

いつもより甘えるような声は窄まりに埋められる指に反応してのことだと思い、鏑木は自分の与える快感に溺《おぼ》れる美月の姿を楽しんでいる。

「ああ……っ、せ、先生……っ。も、もう……」

美月が辛抱できないと彼の胸を指先で優しくかきむしる。開かれた両足をばたつかせては、腰を淫《みだ》らに揺らしてしまう。そのあられもない姿を見て鏑木がほくそ笑むのがわかる。

彼は、美月の容貌《ようぼう》と無力で従順な性格を愛しく思っているのかもしれない。さらには倫理観を持つ弁護士として、美月を守りたいという気持ちも嘘ではないと思う。けれど、残念なのは美月にしてみればそんなことはどうでもいいということだ。

そもそも、美月はもはや無力でも従順でもない。自分の意思を持って生きることを覚えた。兄は「腕のいい職人が造った人形のようでいて不気味な存在」だと言った。

あまりにも弱い生命力しか持たなかったけれど、生きたいと思い愛されたいと思ってからは、人形が人間になったのかもしれない。ただ、この体に命を吹き込んだのは兄であり、それ以外の人間の愛情はどんなものであっても美月の心を動かすことができないのだ。

「後ろがまだきついね。もっとちゃんと解《ほぐ》しておかないと……」

「いいの。先生のなら平気。だから、きて。僕の中をいっぱいにして」

いつまでも兄以外の男に嬲られているのはいやだ。だから、早く終わらせてほしいだけ。

「美月くん、一緒にいこうか」

美月は恥じらって頷いた。鏑木はすっかり有頂天になった様子で美月の体を抉《えぐ》ってくる。

「ああ……っ、うぁ……っ」

美月が呻き声を漏らしながら思う。兄が美月を取り引き相手に抱かせることを非難した鏑木だが、この男も結局は同じ穴の狢《むじな》だ。この体を貪るときの男たちは、美月の器を愛《め》でているばかりで心までは愛していないという意味では同じ。でも、それも仕方がないのだ。誰も美月の心を知りはしないから。誰も美月の本当の心を見抜くことなどできないから。

「あぅ、も、もう……っ」

ほしいというより、終わらせてほしい。美月の願いを叶えるように鏑木が彼の精を吐き出した。ぐったりと弛緩させた体で美月は明日のことを考える。

明日にはもう鏑木のことで心を煩わせることもなくなるだろう。ただ、少しばかり忙《せわ》しい一日になる。

(また熱を出してしまうかもしれないな……)

そんなことを思った。けれど、それもいつものことだから誰も何も思わないだろう。それより、寒くなればいい。この季節、冷え込む朝は道が凍り、車の運転が少しばかり危険だったりする。特に、この別荘地から最寄りの高速道路の入り口までには、三十分ほど山道を走ることになる。

その道以外にも新しくバイパスが整備されているが、かなり遠回りになるので道を知っている地元の者は狭くても裏道を使う。

鏑木がここへやってくるときも、近道だからとその道を教えておいた。途中は対向車とすれ違うのも難しいような狭い道だが、初心者ドライバーでなければどうということもない田舎道《いなか》だ。

明日も午後から仕事があるという鏑木だから、できるだけ早く東京に戻ろうとするだろうし、あの道を使うのは間違いない。

「先生、寒い……」

情事のあとの体を丸めて言えば、鏑木は美月が眠るまで抱き締めて暖めてくれる。美月は睡魔に落ちていきそうになっては、鏑木の腕をそっとつかむ。そのたびに彼は美月の二の腕を軽く叩《たた》いて眠りへと導いてくれる。

寒さはいい。熱を出してしまってもいいから、うんと冷え込めばいい。そんな明日のことを思いながら、美月はやがて眠りの中へと落ちていく。

心の中では兄のことを思いながら、祈っている。彼がいつか美月に向かい、以前のように心から笑ってくれますようにと……。

その日、美月は熱を出し、午前中からずっと一階の奥の和室で眠っていた。

夕刻になって篠原《しのはら》が美月の様子を見にやってきた。彼女は通いの家政婦なので、夕食の後片付けが終われば帰宅する。

「さっき連絡がありまして、旦那様のお帰りは遅くなるそうです。美月様お一人ですし、何時くらいに夕食をお持ちすればよろしいですか？」

早く片付けがすめばそれだけ早く帰宅できる。住み込みではない彼女を遅くまで引き止めておくのは申し訳ないので、すぐにでも部屋に運んできてくれればいいと言った。

田村には先週いっぱいで暇を出した。充分な退職金を出して、鏑木がすべては兄の意向だとして彼女を説得してくれたのだ。田村が辞めることとなって、三好《みよし》もまた急に立場を失ったように自ら退職を申し出てきた。なので、今は通いの篠原が中心になって家のことを切り盛りしてくれている。新しく若い家政婦を三人雇ったので、篠原の手が回らないところも人数さえいればどうにかなっていた。

運転手の金村《かねむら》はまだ勤めてもらっているが、田村の影響がなくなれば兄に厳しいことを言うこともなくなるだろう。もっとも、この先も何か面倒なことがあれば、いつでも運転手くらいは代わりを見つけることができる。

美月は兄のためならなんでもする。そして、兄を自分だけのものにしておくためなら、なんでもできるのだ。兄が嫌いなものは全部彼の周囲から排除してしまえばいい。そうすれば、きっと喜んでくれて美月にもっと微笑みかけてくれる。

小さい頃は、兄の苦手だと言っていた蝶《ちょう》や蛾《が》を集めては羽をむしって土に埋めたりするくらいだった。あとは、兄に色目を使っている若い家政婦がいたので、彼女の大切なものを水琴窟《すいきんくつ》に落としてやったこともあった。他にもいろいろと頑張ったけれど、何もかもささいなことだった。今は美月も大人になったから、もっと兄のために役立つことができるのだ。

「食べ終わったら自分でトレイは戻しておきますから、今夜はもういいですよ。ご苦労様でした」

美月が運ばれてきた食事のトレイを受け取り言うと、彼女は丁寧にお辞儀をして部屋を出て行った。田村の教育のたまもので、受け答えや仕事に関しては問題ない。ただ、年齢が若くこの家に勤めてまだ年月が浅いので、田村のような使命感や思い入れがない。

美月にはむしろそれがいい。家政婦といっても適度に有元の家とは距離を持っていてほしい。そのほうが兄や美月のプライベートについてとやかく言われることもなくて安心だ。

朝からずっと微熱のあった美月だが、今は少し空腹感もある。体調が戻ってきた証拠だ。消化のいい粥《かゆ》に野菜を中心にした食事をすませて、トレイを厨房《ちゅうぼう》に戻したあとシャワーを浴びてまた寝床に戻った。明日はシーツを換えてもらおうと思いながら、こういうときは田村がいなくて不便だと現金にも思ってしまう。彼女なら何も言わなくても、美月がシャワーを浴びている間にシーツを換えてくれていた。

でも、彼女にはこのまま有元の家にいてもらうわけにはいかなかった。そして、もう一人この家には必要なくなった者がいる。

（もういなくなってしまっただろうけど……）

美月が穏やかな気持ちで目を閉じたとき、突然部屋の障子が開く音がした。驚いたのは、誰の足音も聞こえていなかったのにいきなり障子を開けられたから。

美月の耳は廊下を歩く誰の足音も聞き分けるはずなのに、その夜はまったく気づきもしなかった。どうしてだろうと思って寝床で振り返るとそこには、兄の姿があった。

「ああ、兄さん、お帰りなさい。早かったんだね」

そう声をかけたとき、いつもと違う兄の雰囲気に気がついた。どこか表情が強張っている。この数日は新しい事業展開のための視察として関西《かんさい》方面に出かけていたので、三日ぶりに戻ってきた今夜は疲れているのかもしれない。

ただ、美月を見つめる目がいつもとは違うのだ。寝床でゆっくりと体を起こして兄を見上げる美月に対し、兄は低い声で言った。

「鏑木弁護士が事故で亡くなった」

兄の言葉を聞いて、美月はなんでもないことのように頷いて彼の顔を見つめたまま言った。

「そうなの。じゃ、新しい弁護士を雇わなくちゃならないね」

しばしの沈黙が二人の間に流れた。兄はこれまでに見たこともないほどの苦渋の色をその顔に浮かべて美月に問う。

「美月、昨日の夜はどこにいた?」

出張に出ていた兄はこの数日の美月の動向を知らない。美月は掛け布団にかけてあったカーディガンを自分で肩に羽織って言った。

「昨日から具合が悪くて、ずっとこの部屋で眠っていたの」

「本当か?」

なぜか兄は疑いの目を向けるので、美月は力のない笑みで頷いてみせる。

「鏑木弁護士と会っていなかったのか?」

「僕はずっと家にいたよ。また熱を出してしまって、大学も休んでしまったの」

兄が自分を見つめる目はますます疑いの色を強めている。けれど、鏑木と会っていたとしても、どうだと言いたいのだろう。

そんなことを兄が知っても仕方がないではないか。美月はとろんとした目で兄を見上げながら、昨夜からのことを思い出していた。

自分に夢中になっている鏑木は、美月が一緒に信州の別荘にきてほしいと頼めば、忙しい仕事をどうにかやりくりしてまで車を飛ばしてきてくれた。兄にばれると叱《しか》られると怯える美月を見て、お忍びだから誰にも秘密にしてきたと言って笑っていた。

　二人きりで午後中を過ごし、そこで美月は財産の整理についての相談にのってもらい、近い将来には暖かくて過ごしやすい田舎に小さな別荘を購入したいという希望を伝えていた。この先は兄のもとから離れ、そこで一人穏やかに暮らしたいという美月の決断には鏑木も大賛成のようだった。

　でも、若い身空で田舎の一人暮らしは寂しい。東京で仕事のある鏑木と一緒に暮らすことは難しいだろうが、時間のあるときにその別荘に訪ねてきてくれれば嬉しい。豊かな自然に囲まれた空気のきれいな土地で、一人静かに好きな人を待つ暮らしは想像しただけで心が弾《はず》む。

『月に一度でも二度でも先生が訪ねてきてくれたら、僕はきっと寂しくないだろうから』

　まるで新しい別荘が鏑木と美月の愛の巣になるかのように囁きかけたのだ。この地でもいいし、どこかもっと東京から利便性のある地でもいい。二人してベッドで甘い将来の話をしながら眠り、翌日は午後から都内で仕事のあるという鏑木は早朝に別荘を出た。

　早春とはいえ冷え込んだ朝で、車の運転には充分に注意してと伝えた。特に高速道路の入り口までの田舎道には気をつけるように言って、自分の淹《い》れた眠気覚ましのコーヒーを差し出した。彼は疑いもせずにそれを飲み干し、美月に最後の口づけを残して白いセダンを走らせて去っていった。

　美月はすぐに別荘の片付けと戸締りをして、タクシーを呼ぶと近くの民間エアポートに向かった。正直、そのエアポートを使うのは気が進まなかった。

それは、あの日両親が揃《そろ》って東京に戻るためにヘリコプターに乗り込んだ場所だったから。縁起のよくない移動手段とはいえ、金村に迎えを頼むわけにはいかないし、在来線と新幹線を使うよりははるかに早い。一時間以内で都心に戻り、そこからまたタクシーで帰宅したときはまだ午前十時前だった。

今は家政婦頭となった篠原がやってくるのが十時。朝食は早くにやってくる新しく雇った料理人が給仕してくれることになっているが、その日は前もって朝食の準備は必要ないと連絡を入れてあった。大学のゼミで早朝勉強会があるので、友人と一緒に外で簡単にすませると言えば疑われることもなかった。

田村がいた頃とは違い、常にこの家を守り、見張り、家族のスケジュールまで掌握して取り仕切る人間はいない。美月が家に戻ったとき、家の中はしんと静まりかえっていた。両親がいた頃に比べてここは静かになった。でも、兄さえいれば美月は寂しくない。

自宅に着いて、美月はそのまま一階の和室の寝床で横になった。前日の寝不足のせいですぐに眠りに落ちたら、昼頃になって篠原に声をかけられた。

大学に行っていると思っていたら部屋にいたので驚いたようだが、美月が体調を崩して寝込むのは珍しくもない。結局は夕刻まで眠り続け、たった今兄の帰宅により鏑木の事故死を聞かされたというわけだ。

「美月、なんで驚かないんだ?」

「えっ、何が?」

「鏑木弁護士のことだ」

驚くこともない。そんなことがあっても不思議ではないと思っていたから。あるいは、起こるべくして起こったことだから。

「鏑木だけじゃない。俺のオフクロにしてもそうだっただろう。他には誰だ? 他に何をやったっ? ああ、そうだ、田村や三好のこともだったな。おまえはいったい何をした? おまえは何も感じていないのか? 本当におまえには……」

そこまで言ったあと、自分の手で額を押さえ掠《かす》れた声で「心はないのか?」と呟いた兄の声が震えていた。

鏑木が亡くなったのがそんなにショックだったのだろうか。有元の顧問弁護士を頼むなら、他にいくらでも優秀な者がいるだろう。べつに鏑木でなくてもいいはずだ。

それとも、兄には何か他に悩みがあるのかもしれない。仕事で何か難しい問題でもあるのだろうか。それで今夜はいつも以上に機嫌が悪いのなら、美月がしてあげられることもある。

「あのね、僕なら今日一日寝ていてすっかりよくなったからもう大丈夫。兄さんの仕事もまた手伝えるから、いつでも言ってね」

もちろん、手伝いといえば夜の接待だ。それで兄が抱えている問題が少しでも解決するなら、美月はなんでもするだろう。兄の役に立つのなら、美月はこの体を差し出すことくらいどうということもない。

誰にどんなふうに抱かれても平気だ。どうせこの体はいつだって飢えている。なぜなら、大好きな人は美月をいつも抱いて愛していると言ってくれるわけではないから。

兄以外の連中に抱かれるのは楽しくも嬉しくもない。ときには美月に痛い思いをさせるような男もいて、そんな男は嫌いだけれど溜《た》まった欲望を吐き出すくらいはできる。そういう意味では、彼らもまた美月の役に立っていると言えるだろう。

そして、兄の命令で誰かに抱かれるほどに、彼は美月に強いたことに自ら縛られていく。美月に対する複雑な思いから逃げられなくなるのだ。そうやって、ずっと美月を突き放せなくなればいい。肉親への愛情でも近親への憎悪でも、あるいは罪悪感でもいい。いろいろな思いでがんじがらめになって、兄は呪縛《じゅばく》の中でもがき続ける。美月はそんな兄をこのか弱い両手で抱き締める。

だから、勝手な正義感や道徳観で美月を兄から引き離そうとする鏑木は邪魔だったのだ。結局、鏑木も美月を慰み者にする他の連中と変わらなかった。役立ってくれたけれど、それ以上に邪魔になったのだから仕方がない。

カーディガンを羽織った美月は寝床からゆっくりと這《は》い出すと、頭を抱え込む兄のそばへ行く。すると、兄は美月の気配を感じてビクリと体を緊張させる。どうしてそんなふうに怯えた顔をしているのだろう。

「克美兄さん、どうしたの？　何か辛いことがあったの？　悲しいことがあった？」

　美月が体を寄せてそんな彼の顔をのぞき込む。兄は絡みつく美月の体を引き離そうとしたけれど、すぐに諦《あきら》めて力のない両腕を伸ばし反対に美月の体を抱き締めてきた。

　兄のほうから求めてくれることは滅多にない。彼の心の歯止めを外すため、美月はいつもあの手この手で誘わなければならない。今夜は何が彼の気持ちを動かしたのだろう。なんでもいいけれど、嬉しくて口づけをねだる。

　兄は震える手で美月を抱き締めると、悲しそうな笑みを浮かべて呟く。

「美月、おまえは壊れている。その壊れた心で何を思っているんだ？」

　それはとても簡単なこと。あまり利口でない美月でも答えることができる質問だ。だから、はにかみながらも少しばかり自慢げに言った。

「僕はいつだって兄さんのことを考えているよ」

　兄の顔が一瞬だけ強張り、やがてその表情に絶望にも似た影が差す。そんな表情をする必要などないと、また教えてあげなければならないのだろうか。どうして兄はこんなにも心配性なのだろう。悩むことも苦しむこともない。美月はどこへも行かないし、二人を引き裂こうとする者などいない。だから、不安など何もない。

「僕は兄さんが望んでいることならなんでもするよ。会社も遺産も何もいらない。だから、僕を捨てないでね。たった一人の家族だから、いつまでもそばに置いていて」

美月はうっとりとした表情で唯一の願いを言葉にすると、克美はなぜか乾いた笑みとともに苦しげに呟いた。

「ああ、そうだな。おまえはどこへも行く必要はないよ。もう誰にも抱かれる必要もない。これからは、ただ俺のそばにいればいい。死ぬまでこの家にいればいい……」

そんな克美の言葉に美月は幸せそうに微笑む。そのときの兄は魂が抜けたようにすべてを諦めた様子でいて、同時にすべてを受け入れたようにも見えた。

（ああ、よかった。兄さんはやっとわかってくれたんだ……）

美月は囚われ人でいたい。ただそれだけだ。けれど、一人は寂しいから、ずっと一緒にいてくれる人がほしい。そして、それは兄であってほしいだけ。

◆◆

夜の闇《やみ》は深いほどにいい。さらに、静かであればなおいいと思う。

この家には二人の息遣いだけが響いている。誰も咎《とが》める者はいない。美月は愛しい人を抱き締める。その手はもはや美月を拒まない。

この部屋は美月が熱を出すたびに床に臥してきた部屋。洋館の二階の自室以上に馴染《なじ》みがあって、この家ではここが一番よく眠れる。それだけではない。ここは兄と初めて体を重ねた思い出の部屋でもある。

十六の美月の体を開いたとき、兄の心にあったのはどんな思いだったのだろう。

「やっと二人きりになれた。ずっと待っていたの。こんな日がいつかくればいいって思ってた」

美月は裸体で兄の膝《ひざ》の上に跨《また》がり、全身でしなだれかかる。

「僕のこと嫌っても憎んでいてもいいから、見捨てないでね。そばにいさせてね」

兄は美月の体を抱き締めたまま、唇を肩や胸に押しつけてくる。ずっとこの唇は冷たかった。口づけていても、心のどこかで美月を突き放そうとする思いがあった。それが寂しくて、悲しくて、美月は一生懸命に彼のためになることをしようと思った。

両親が逝ってしまったことは本当に悲しかったのだ。美月はきっと自分のほうが両親より先に命が尽きると思っていた。それなのに、自分はたった一人でこの世に生き残ってしまった。あのときはまるで暗闇《くらやみ》の中に放り出された子どものように、心細くて震え泣き叫びたい思いだった。

でも、大きなものを失った美月はそれに換わる大切なものを手に入れた。兄の存在だ。子どもの頃から生きることに精一杯で、何かをほしがる気力もなかった。息をしているきれいな人形のようだと、その昔この家で雑務をしていた男に言われたことがある。その男はもともと粗野なところがあって、田村に嫌われて半年ほどでクビになった。

でもあの男の言葉は間違ってはいなかった。美月には心がなくて、人がきれいだという器があっただけ。そんな美月に心をくれたのが兄の存在なのだ。愛さないわけにはいかない。求めないわけにはいかない。そして、成長とともに美月の欲望はどんどんと深くなっていき、両親の死を境に何かが壊れてしまった。

兄の言うように、美月は心のないきれいな人形から心を持った人形になり、やがて心が壊れた人形になった。どこかのネジが一つ外れて記憶した言葉を繰り返し唱える人形のように、記憶した欲望を求め続ける。そのために必要なことをするのが生きる意味となった。

両親を失ったあと、美月にとって誰よりも大切な人となった兄だから、彼を苦しめるものは美月を苦しめているのも同然だった。彼の心を煩わせるものがあれば、それはそのまま美月の憂いとなった。

彼の心のわだかまりを一つ一つ取り除いていけば、いずれ美月だけを見つめてくれるようになるはず。そう信じていたから、美月は彼のためになると思えばどんなことでもしてきた。

そんな思いがようやく通じたような気がして、自分の体を抱き締める兄の手の温《ぬく》もりが嬉しかった。そればかりか、兄はどこかせつない思いのこもった声で言う。

「俺はおまえを憎んだことはない。けれど、おまえを愛してはならないと戒めてきた」

「兄さん……」

母子家庭に生まれ、母親が父親を恨む言葉を呪詛《じゅそ》のように聞かされ育った兄にとって、美月はどういう存在だったのだろう。自分自身のルーツを見出し、実父に自分の実力を認めさせたい。そんな野望を抱いたときから、美月のことは常に彼の心にあったはずだ。

「絶対に愛してはならない存在。それがおまえだ。出会ったときからそう思ってきた。何度もそう己自身を戒めなければならないほどおまえは……」

兄は美月の白い肌を撫でて、肩までかかりそうなほど伸びてしまった柔らかい髪を指で梳《す》きながら一度止めた言葉を諦めとともに吐き出した。

「おまえは俺の目に愛らしかった」

その言葉を聞いたとき、美月の赤い唇から「ああ……っ」と甘い溜息が漏れた。やっと聞けた兄の胸の内だ。やっぱり彼は美月を愛してくれていたのだ。

「兄さん、本当に……？」

答えは彼の口づけによって教えられた。跨っていた彼の膝の上から下ろされて、寝床に横たわった美月に覆い被《かぶ》さってくるその体は、半分とはいえ同じ血を引いている兄弟なのにまるで違っている。

苦学生の時代は、深夜の道路工事など金になる仕事はなんでもしたと言っていた。だから、父親に似て長身なばかりでなく、スーツの下の体は案外たくましい。学生時代はラグビーをしていて、今も週に二、三度はジムに通うようにしていると言っていた鏑木と同じようにりっぱな体躯《たいく》をしている。

苦労人の兄は美月のまるで知らない世界で生きてきたからこそ、たくさんの常識と世間の良識に縛られている。血の繋《つな》がりのある異母弟を愛してはならないという真っ当な倫理観で、愛しさに突き動かされて崩壊したあとの彼の苦悩はきっと計り知れないものになったのだろう。

それに比べて美月は兄と半分同じ血が流れていると知り、この心がどれくらい喜びに満ちたか言葉にしようもない。世間の倫理観など最初から美月にはないのだ。幼少の頃から熱を出すたび、病院と自宅を何度も行き来してきた。そのたびに医者は万一を覚悟しておいてほしいと言い、母親が枕元《まくらもと》で泣き叫ぶのを朦朧《もうろう》とした意識の中で聞いてきた。

いつ死ぬともわからない人間に、まっとうな倫理観などなんの意味があっただろう。たまたま美月はこの歳まで生き延びたけれど、今でもそんなものはどうでもいいのだ。

己の野望のためには手段を選ばないようでいて、兄はいつだって誰よりも常識人だった。だからこそ、彼は自分の複雑な出生に悩み、人としてだらしのない実母を嫌悪し、実の父親の期待や美月の母の自分への憎しみなどにもまれて苦しんできた。

その傍らで何も知らずはかなげに微笑み懐く美月を見ながら、いっそ憎みたかったのだろう。そして、美月にも憎まれたかったのかもしれない。

「どんなに自分を戒めても、おまえは俺を惑わせてしまう。どんなにもがいても、心がおまえを求めてしまう。兄弟だとわかっていても、この気持ちはどうすることもできなかった……」

　そして、美月が十六のとき、この部屋で布団を並べて眠ったあの夜、兄の心は決壊し崩れ落ちてしまったのだ。

「この胸をかきむしるほど後悔した。後悔したのに、それでも愛しさを消すことができなかった」

　兄は美月の胸の突起に歯を立てる。まるであの当時の苛立《いらだ》ちをぶつけるように美月の赤い乳首を噛んで、漏れる悲鳴を聞いてから満足したようにそこを舌先で嘗《な》め上げる。

　どうにかして一度崩れ去った理性を取り戻さなければならない。兄がそう思っていた矢先、美月の両親は不慮の事故で他界した。兄にしてみれば、運命が自分を弄《もてあそ》んでいるのかと思えたのだろう。

　そして、兄は「アリモトリゾート開発」と「有元家」の両方をその肩に背負うことになった。いずれはと思う気持ちはあったものの、あまりにも突然のことに兄の心は何も準備ができていない状態だったという。

　過ちを犯したとはいえ、これからは何があっても突き放さなければならないと思っていた美月が、引き離しようもない距離で自分のそばにやってきた。兄にしてみれば、落ちてはならないトラップがあると気づいた瞬間、外的な力によって抗う術《すべ》もなくその落とし穴へと突き落とされてしまったようなものだ。

「あのときの俺は会社のことだけで精一杯で、おまえのことをどう扱えばいいのかわからずにいた」

追い詰められた兄は、とにかく落ちてしまったトラップから身を守ることに必死だったのだ。そんな折、「有元を乗っ取ろうとしているのではないか」と疑心暗鬼になる田村たちの思いが、兄に一つの道を示唆《しさ》したのかもしれない。

周囲がそう思っているなら、徹底的に無慈悲な人間になってしまえばいい。非道で非情になり、憎まれ嫌われれば、美月が自《おの》ずと離れていくかもしれない。

「なのに、おまえは変わることがなかった。それどころか、兄弟と知ってあれほど嬉しそうな顔をするのを見て、俺は自分の理性が崩壊しそうになる恐怖を心底味わった」

手放しで現実を認め、なおかつ身も心も兄に愛されることを求める美月を見て、それを受け入れてしまったら自分は人として壊れてしまう。どうにかして美月の存在を自分から引き離さなければならない。美月がどうしても自分を嫌い憎むことをしないというのなら、自分が美月を嫌うしかない。それが兄が出した悲しい結論だ。

おりしも、会社の取り引き関係者からは美月の美貌を求める怪しげな声も出ていた。最初はそんな真似ができるものかと思っていた兄の心が動いたのは、美月の抗いがたい魅力に溺れまいとする懸命な抵抗だったのだ。

「可哀想な美月。おまえをそんなふうに苦しめるつもりはなかったのに……」

「平気。僕は兄さんのためならなんでもできるもの」

いっそ美月が汚れれば、自分の胸にくすぶる愛情も消えるかもしれない。そんな一縷《いちる》の望みもあったのに、結局それで一番苦悩していたのは兄自身だったという皮肉。自分の大事なものを自分の手で壊しながら、自分で傷ついていた。可哀想な兄だった。

唯一の救いがあるとすれば、それで一時は経営が危ぶまれた「アリモトリゾート開発」が本当に立ち直ったことだ。そして、兄は美月をスケープゴートとして差し出すことがやめられなくなり、一方で美月を愛する気持ちを封じ込めることもできず、苦悩の日々を強い酒とともにごまかして生きてきた。

思えば兄は、美月と出会ったときからすでに囚われの人だったのだ。美月はそんな兄に愛を囁く。彼を苦しめるとわかっていてもやめられない。

「兄さん、愛してるの。ずっとずっと、あの頃から……」

十歳の自分を高い枝に向かって抱き上げてくれた兄。その兄の腕の中で美月の愛が目覚めた。この体に渦巻く熱は兄の腕の中でだけ昇華される。

兄の手が美月の内腿《うちもも》をそっと撫で、そこに自らの唇を押しつけてくる。その痺《しび》れるような甘い感覚に美月が悲鳴にも似た嬌声《きょうせい》を上げた。誰もいないこの家に、美月の淫らな声が響き渡る。

誰にも邪魔されず、こうして抱き合って生きていきたいだけ。

自分の名前を呼ぶ兄の表情は、相変わらず悲しそうに見えた。

「美月、美月……」

「ああ……っ、兄さんっ」

うつ伏せになれば後ろの窄まりに兄の手が伸びてくる。いつでもそこに彼を受け入れる準備はある。他の誰に嬲られていても、美月はじっと目を閉じて兄のことを思ってきたから。そして、たまに飲みすぎたブランデーに酔ってこの体を抱き締めてくれたときは、喜びにこの身を震わせて全身全霊で彼を受け入れてきた。

美月の中に眠っていた淫らさを開花させたのは兄の手だ。この手に美月のすべてが乱れ開かれる。貫かれると全身が快感に震えて、もうどうなってもいいと思えてしまうのだ。

今は生きているけれど、明日は死んでしまうかもしれない。そんな中で美月が求めているのは兄の温もりだけなのだ。

「もっと、もっと抱いていて……」

「ああ、ずっと俺の腕の中にいればいい。おまえは俺のものでいればいい。俺のそばにさえいれば、おまえは大人しくていい子でいられるんだろう？」

もちろん、そのとおりだと美月が笑顔で頷く。そして、今一度唇を重ね合う。ほしいと思っている者同士だから、体を寄せ合えばぴったりと呼吸さえも同じになっていくのがわかる。これは半分でも同じ血だからだろうか。だったら、異母兄弟であったことが美月にはこれ以上ないほど嬉しいのに、やっぱり兄はこの先も悩み苦しみ続けるのだろうか。

けれど、何があっても美月が兄を守ってあげる。後ろへの愛撫に身悶《みもだ》えながら、美月が目を潤ませてそう約束をする。

「兄さん、きっと平気だよ。きっと何もかも大丈夫だから……」

そのときの兄の苦笑はこれまでの笑みとは少し違ったように見えた。一瞬、悲しみがどこかへ突き抜けたように、彼の心が透き通っていくような気がした。そして、遠い昔、美月とともに庭を散歩し、水琴窟の音色を聞いていたときのような優しげな声色で呟く。

「そうだな。何があってもおまえといればそれでいい。こんなにも愛しくて仕方がないんだから……」

口づけが繰り返されて、体がぴったりと重なり合う。それだけでも言葉にならないほどの快感が白い背中を駆け上がっていく。誰のものを受け入れようと、美月はいつだって兄だけのものだった。腰を持ち上げて、それがほしいとねだれば今夜の兄は躊躇なく与えてくれる。

「ああ……っ、うく……う……っ」

喘《あえ》ぎ声とともに身を捩ると、兄の低い呻き声も耳に届く。兄の手が美月の前を握って擦《こす》りながら、抜き差しが繰り返される。内壁の摩擦熱に鈍痛はあるけれど、その先にははっきりと込み上げてくる甘い疼《うず》きがある。この快感だけが美月に生きる喜びを与えてくれる。

「んぁ、あっ、ああ……っ」

「美月、美月……っ」

腰をしっかりとつかみながら窄まりに打ち込まれ、美月が背中を反らせて絶頂に体を痙攣《けいれん》させた。同時にそこを強く締め上げれば、きつさに兄もまたその瞬間を迎えて、美月の体の中へと精を吐き出した。

ほぼ同時に官能に身をゆだねるように果てた二人が寝床で弛緩した体を重ね合えば、今は大きく上下する胸の鼓動だけが静かな部屋に響いている。そして、二人の甘い呼吸もまた重なり合っていて、ひどくくすぐったい気持ちになっている。

「美月、大丈夫か？」

兄が心配そうに訊《き》く。これくらいなんでもないと美月は彼の胸に自分の額を寄せて、小さく頷く。ただ、呼吸が整うまではもう少し時間がほしかっただけ。

やがてその呼吸も整ったとき、美月は兄の首筋に自分の両手を回して微笑みながら昔話を口にする。

「兄さんは最初にキスを教えてくれたでしょ？　あのとき、すごく嬉しかった。それから、抱いてくれてもっと嬉しかったな」

すべてはこの部屋で起こったこと。そして、それが美月の意識を変えて、人生も変えた。虚弱で父と母を失望させ心配させるばかりで、なんのために生まれてきたのかわからない人生だった。けれど、好きな人に抱かれればとても気持ちよくて、幸せな気持ちになれることを兄が

教えてくれたのだ。それが、そのまま美月にとっての生きる意味となった。

自分という人間は骨のない生き物だ。美しいけれど、正体のない霞《かすみ》のように生きていると誰もが思っているのだろう。そして、多分そのとおりだと思う。

そんな美月と初めてこの家で出会ったとき、兄は何を思ったのだろう。父親の書斎の場所を探していて、たまたま廊下を歩いていた美月を見かけ声をかけてきた。振り向いた美月と視線が合ったときの兄の表情を今でもはっきりと覚えている。

息を呑んでこちらを見つめ、しばし言葉を忘れているようだった。彼は美月が自分の異母弟だと知っていたはずだ。噂《うわさ》では病弱であまり優秀でもなく、世間にはその存在をひた隠しにしているという一人息子。あの瞬間、兄はどんな思いを抱いたのだろう。

憎しみか愛しさか、その両方だったかもわからない。どちらであっても、自分が彼にとって特別な存在であればそれでいい。その思いは今も変わらない。

そして、その人と同じ父親の血を分け合っていると知ったときの衝撃は、ただただ狂喜以外の何ものでもなかった。こんなにも確かな繋がりがあれば、もはや誰も兄と美月を引き離すことなどできないのだ。

兄が冷たくなったとか、美月の存在を邪魔だと思っているなど、勝手に勘違いして彼を非難したり否定したりするなんておかしなことだ。だから、そんな雑音などなくなってしまえばいいと思った。

そして、一人苦悩してきた兄の手を取り、美月は何度でも懇願し続けた。自分を捨ててどこかへ行こうとしないでほしい。何をしてもいいからそばに置いてほしいと。

幼少の頃から熱を出して寝込むたび、一階の和室でうなされながらぼんやりと天井を眺めていた。子どもながらに、きっと自分は長く生きていないだろうと思っていた。このまま死んでしまうなら、なんのために生まれてきたのかわからない。ずっと小さな胸を不安と孤独でいっぱいにして日々を過ごしてきた。でも、兄の存在が美月に夢を与えてくれた。

彼に会って、この世でたった一つほしいものができた。手に入るかどうかわからず不安だったこともあるけれど、今はもうそれもない。兄は自らこの家にやってきたのだ。「有元」の名前になって、兄となって、美月を突き放そうとして結局は愛欲の糸に絡《から》まった。

この家は檻だ。長らく美月はこの家に囚われてきた。どこへも行けず狭い世界で暮らしながら、か細い命の灯《ひ》をなんとか消さずに生きてきた。けれど、今はもう一人ではないから寂しいとは思わない。兄もまたこの家の囚われ人となった。彼の首筋に絡みつくのは美月の白い二本の腕。この腕は美月が死ぬ瞬間までけっして離れることはない……。

あとがき

この本が出る頃には年が明けておりますが、皆様よい新年をお迎えになりましたでしょうか？　わたしは極寒の旅先から無事戻り、また机に向かっていることと思います。

そして、新しい年も書いて、書いて、書きまくる意気込みですが、たまにはちょっと手を止めて日常の当たり前を楽しむのもいいかなと思う今日この頃です。

振り返ってみれば十年以上、ひたすらキーボードを打ち続けて突っ走ってきました。おそらくそれは今後も変わらないと思うのですが、少しだけゆとりを持って小さなことを楽しんでいけたらいいなという気持ちになってきました。そこで、とりあえず楽しみながらやらなければならないことの一つに着物の整理があります。

若い頃に友達に誘われるまま着付けを習い、機会があれば着物を着ることも多々ありましたが、いつしか忙しさに追われて着物は箪笥《たんす》の奥へとしまい込んだままになっていったのです。その間にも母親世代の人たちがどんどんと着物や帯を譲ってくれるものですから、たまっていく一方。一度全部引っ張り出して仕分け、整理整頓しようと思っています。

あとは例年どおり、できるだけ本を読む時間を作りたいものです。読書はジャンルを問わず乱読ですが、今年は久しぶりに「詩」を読みたいと考えています。夢見る少女の頃は詩集をずいぶん読んだものですが、大人になってからはすっかりご無沙汰《ぶさた》でした。でも、この歳《とし》になったからこそ読んでおもしろい詩があるかもしれない。言葉の力を今一度教えてもらうためにも、2015年は「詩」を読む年にしようと思っています。

さて、今回の作品はすごい悪人は出てこないのですが、「悪」を「悪」と認識していない人は「悪人」と呼んでいいものか、自分自身で書きながらだんだんわからなくなってしまいました。ましてやそれが愛らしい天使のような容貌であったら、人は心から憎めるのでしょうか。

歪《いびつ》な愛によって互いに縛り縛られる兄弟の物語を、高崎《たかさき》ぼすこ先生の繊細で美麗な挿絵とともに楽しんでいただければ幸いです。

まだまだ寒い日が続きますが、暖かい部屋でホットドリンクなど飲みながら、退廃的な気分で読書に浸るのも楽しいものです。そんな冬ならではの読書の楽しみ方もわたしは大好きです。そして、そういうひとときに読んでいただけるような一冊を書いて、また皆様にお会いできればと願っています。

二〇一四年　十二月

水原《みずはら》とほる

この本を読んでのご意見、ご感想を編集部までお寄せください。

《あて先》〒105－8055　東京都港区芝大門2－2－1　徳間書店　キャラ編集部気付
「囚われの人」係

■初出一覧

Chara

囚われの人……【キャラ文庫】

2015年1月31日　初刷

著者　水原とほる
発行者　川田 修
発行所　株式会社徳間書店
〒105-8055　東京都港区芝大門2-2-1
電話　048-451-5960（販売部）
03-5403-4348（編集部）
振替　00140-0-44392

印刷・製本　図書印刷株式会社
カバー・口絵　近代美術株式会社
デザイン　百足屋ユウコ＋中野弥生（ムシカゴグラフィクス）

ISBN978-4-19-900784-2

水原とほるの本

好評発売中

［女郎蜘蛛の牙］

水原とほる
イラスト◆高緒 拾
女郎蜘蛛の牙
Tohoru Mizuhara presents
何度逃げてもいい——
どうせおまえは俺の手の中だ
キャラ文庫

イラスト✦高緒 拾

ヤクザとは思えぬ美貌と明晰な頭脳を持つ組長代行——その組事務所に、挨拶に訪れた刑事・蓮見《はすみ》。優秀だが一匹狼の蓮見は、代行・奥泉《おくいずみ》に出会った瞬間、その昏く冷たい瞳に心奪われる。そんなある日、組長の岩田《いわた》が「オナガグモ」と名乗る謎の男に殺害されてしまう。犯人と疑われた奥泉は逃亡！　あいつは俺だけの獲物だ——追跡する組を欺き警察をも裏切った蓮見は、奥泉を拉致し監禁するが!?

水原とほるの本

好評発売中

「愛の嵐」

イラスト✦嵩梨ナオト

よりによって、この俺がヤクザの脅しに屈するなんて——!!　同僚との不倫現場を目撃されてしまった美貌の刑事・美土里《みどり》。「バラされたくなきゃ、捜査情報と、おまえの体をよこせ」若くして幹部の座についた頭脳派ヤクザ・五十嵐《いがらし》に脅され、美土里は屈辱と羞恥に震える。仕事中も常に呼び出され、貪られる日々…。——必ず後悔させてやる!!　胸中に、激しい憎しみの炎を燃やす美土里だが!?

水原とほるの本

好評発売中

「雪の声が聞こえる」

イラスト✦ひなこ

「幸《ゆき》はずっと俺のものだ…約束だよ?」雪深い田舎町で、皆が憧れる旧家の長男・雅彦《まさひこ》。彼が唯一溺愛し甘やかすのは、使用人の孫の幸だ。――いくら弟みたいに可愛がられても、雅彦さんは雲の上の人だから…。雅彦の大学進学を機に、離れようとする幸。けれど、それを知った雅彦の態度が豹変!! 「約束したよね、ずっと一緒だって」いつもの優しい微笑のまま、怯える幸の体を強引に開かせて!?

水原とほるの本

好評発売中

【愛と贖罪】

イラスト✦葛西リカコ

「俺が抱かれてる姿を見て、どう思った?」愛する両親を失い絶望する大学生の歩《あゆむ》。美貌の叔父・直人《なおと》に引き取られるが、ある日、男に縛られ別人のように喘ぐ直人の姿を目撃してしまう!! 動揺する歩の部屋を訪れた直人は、今までの優しさから一変!! 聖人の仮面を剝ぎ、歩の無垢な体をたくみにねじ伏せてくる。肌を愛撫する指と唇に翻弄され、怯えつつも未知の快楽に溺れていく歩だが…!?

水原とほるの本

好評発売中

「ふかい森のなかで」

イラスト✦小山田あみ

定職に就かず人目を避け、外出はたまのコンビニだけ——引きこもりの稔明《としあき》の元へ、父の差し金で三歳年下の大学生・晃二《こうじ》が世話係としてやってくる。追い返そうと嫌がらせを重ねる稔明だけど、「あんたを見てるとイライラする」と、むりやり犯されてしまった!! ところが初めて知ったセックスの快楽に、稔明は次第に溺れてゆき!? 閉ざされた部屋の二人だけの遊戯——ダーク・センシティブラブ!!

キャラ文庫既刊

英田サキ
[DEADLOCK]
[DEADHEAT DEADLOCK2]
[DEADSHOT DEADLOCK3]
[SIMPLEX DEADLOCK外伝] ill:高階 佑
[恋ひめやも] ill:小山田あみ
[ダブル・バインド] 全4巻 ill:葛西リカコ
[アウトフェイス ダブル・バインド外伝]
[欺かれた男] ill:乃一ミクロ

秋月こお
[王朝春宵ロマンセ] シリーズ全4巻 ill:唯月 一
[王朝ロマンセ外伝] シリーズ全3巻 ill:唯月 一
[幸村殿、艶にて候] 全7巻 ill:九號
[スサの神謡] ill:稲荷家房之介
[超法規レンアイ戦略課] ill:有馬かつみ
[公爵様の羊飼い] 全3巻 ill:円屋榎英

洸
[好みじゃない恋人] ill:小山田あみ
[ろくでなし刑事のセラピスト] ill:新藤まゆり
[捜査官は恐竜と眠る] ill:有馬かつみ
[サバイバルな同棲] ill:和鐵屋匠
[常夏の島と英国紳士] ill:みずかねりょう
[灼熱のカウントダウン] ill:小山田あみ
[闇を飛び越えろ] ill:長門サイチ

いおかいつき
[隣人たちの食卓] ill:みずかねりょう
[探偵見習い、はじめました] ill:小山田あみ
[これでも、脅迫されてます] ill:兼守美行

池戸裕子
[鬼神の囁きに誘われて] ill:黒沢 椎
[人形は恋に堕ちました。] ill:新藤まゆり

犬飼のの
[暴君竜を飼いならせ] ill:笠井あゆみ

烏城あきら
[檻—おり—] ill:今 市子

榎田尤利
[歯科医の憂鬱] ill:高久尚子
[ギャルソンの躾け方] ill:宮本佳野
[アパルトマンの王子] ill:緋色れーいち

音理 雄
[理髪師の、些か変わったお気に入り] ill:二宮悦巳
[先生、お味はいかが?] ill:三池ろむこ
[犬、ときどき人間] ill:高久尚子
[親友に向かない男] ill:新藤まゆり

鹿住 槇
[ヤバイ気持ち] ill:穂波ゆきね

華藤えれな
[フィルム・ノワールの恋に似て] ill:小椋ムク
[黒衣の皇子に囚われて] ill:Ciel
[義弟の渇望] ill:サマミヤアカザ

可南さらさ
[左隣にいるひと] ill:木下けい子
[先輩とは呼べないけれど] ill:穂波ゆきね

神奈木智
[その指だけが知っている] シリーズ全5巻 ill:小田切ほたる
[ダイヤモンドの条件] シリーズ全3巻 ill:須賀邦彦
[御所泉家の優雅なたしなみ] ill:円屋榎英
[若きチェリストの憂鬱] ill:二宮悦巳
[オーナーシェフの内緒の道楽] ill:新藤まゆり
[愛も恋も友情も。] ill:香坂あきほ
[月下の龍に誓え]
[烈火の龍に誓え 月下の龍に誓え2] ill:円屋榎英
[マル暴の恋人] ill:水名瀬雅良
[恋人がなぜか多すぎる] ill:高星麻子
[マエストロの育て方] ill:夏珂
[守護者がめざめる逢魔が時]
[守護者がささやく黄泉の刻 守護者がめざめる逢魔が時2]
[守護者がつむぐ輪廻の鎖 守護者がめざめる逢魔が時3] ill:みずかねりょう

楠田雅紀
[史上最悪な上司] ill:山本小鉄子
[俺サマ吸血鬼と同居中] ill:Ciel
[やりすぎです、委員長!] ill:夏乃あゆみ

剛しいら
[顔のない男] シリーズ全3巻 ill:北畠あけ乃
[狂犬] ill:有馬かつみ
[盗っ人と恋の花道] ill:葛西リカコ
[仇なれども] ill:今 市子
[天使は罪とたわむれる] ill:宮本佳野
[ブロンズ像の恋人] ill:兼守美行

ごとうしのぶ
[熱情] ill:高久尚子

榊 花月
[恋愛私小説] ill:小椋ムク
[地味カレ] ill:新藤まゆり
[待ち合わせは古書店で] ill:木下けい子
[不機嫌なモップ王子] ill:夏乃あゆみ
[僕が愛した逃亡者] ill:葛西リカコ
[天使でメイド] ill:夏河シオリ
[見た目は野獣] ill:和鐵屋匠
[綺麗なお兄さんは好きですか?] ill:ミナツキアキラ

キャラ文庫既刊

[オレの愛を舐めんなよ] ill：夏珂
[気に食わない友人] ill：新藤まゆり
[七歳年下の先輩] ill：高緒 拾
[暴君×反抗期] ill：沖銀ジョウ
[どうしても勝てない男] ill：新藤まゆり

桜木知沙子

[となりの王子様] ill：夢花 李
[金の鎖が支配する] ill：清瀬のどか
[プライベート・レッスン] ill：高星麻子
[ひそやかに恋は] ill：山田ユギ
[ふたりベッド] ill：梅沢はな
[真夜中の学生寮で] ill：高星麻子
[兄弟にはなれない] ill：山本小鉄子
[教え子のち、恋人] ill：高久尚子

佐々木禎子

[治外法権な彼氏] ill：有馬かつみ
[アロハシャツで診察を] ill：高久尚子
[仙川准教授の偏愛] ill：新藤まゆり
[妖狐な弟] ill：佳門サエコ

秀香穂里

[くちびるに銀の弾丸]シリーズ全2巻 ill：祭河ななを
[チェックインで幕はあがる] ill：高久尚子
[虜―とりこ―] ill：山田ユギ
[誓約のうつり香] ill：海老原由里
[禁忌に溺れて] ill：亜樹良のりかず
[烈火の契り] ill：彩
[他人同士]全3巻 ill：新藤まゆり
[大人同士]
[恋人同士 大人同士2] ill：新藤まゆり
[堕ちゆく者の記録] ill：高階 佑
[真夏の夜の御伽噺] ill：佐々木久美子

[桜の下の欲情] ill：汞りょう
[隣人には秘密がある] ill：山田ユギ
[なぜ彼らは恋をしたか] ill：梨とりこ
[闇を抱いて眠れ] ill：小山田あみ
[恋に堕ちた翻訳家] ill：佐々木久美子
[盤上の標的] ill：有馬かつみ
[年下の高校教師] ill：三池ろむこ
[閉じ込める男] ill：葛西リカコ
[ブラックボックス] ill：金ひかる
[双子の秘蜜] ill：高久尚子

愁堂れな

[身勝手な狩人] ill：蓮川 愛
[愛人契約] ill：水名瀬雅良
[コードネームは花嫁] ill：汞りょう
[金曜日に僕は行かない] ill：麻生 海
[行儀のいい同居人] ill：小山田あみ
[激情] ill：羽根田実
[二時間だけの密室] ill：高久尚子
[月ノ瀬探偵の華麗なる敗北] ill：亜樹良のりかず
[法医学者と刑事の相性]
[法医学者と刑事の本音 法医学者と刑事の相性2] ill：高階 佑
[嵐の夜、別荘で] ill：二宮悦巳
[入院患者は眠らない] ill：新藤まゆり
[極道の手なずけ方] ill：和鐵屋匠
[捜査一課のから騒ぎ]
[捜査一課の色恋沙汰 捜査一課のから騒ぎ2] ill：相葉キョウコ
[仮面執事の誘惑] ill：香坂あきほ
[家政夫はヤクザ] ill：みずかねりょう
[猫耳探偵と助手]
[猫耳探偵と恋人 猫耳探偵と助手2] ill：笠井あゆみ
[孤独な犬たち] ill：葛西リカコ
[月夜の晩には気をつけろ] ill：兼守美行
[吸血鬼はあいにくの不在] ill：雪路凹子
[ハニートラップ] ill：麻々原絵里依

菅野 彰

[毎日晴天!]シリーズ1～12巻 ill：二宮悦巳
[高校教師、なんですが。] ill：山田ユギ
[かわいくないひと] ill：葛西リカコ

杉原理生

[親友の距離] ill：穂波ゆきね
[きみと暮らせたら] ill：高久尚子
[息もとまるほど] ill：三池ろむこ
[恋を綴るひと] ill：葛西リカコ
[制服と王子] ill：井上ナヲ
[星に願いをかけながら] ill：松尾マアタ

砂原糖子

[シガレット×ハニー] ill：水名瀬雅良
[灰とラブストーリー] ill：穂波ゆきね

春原いずみ

[真夜中に歌うアリア] ill：沖銀ジョウ
[警視庁十三階にて]
[警視庁十三階の罠 警視庁十三階にて2] ill：宮本佳野
[略奪者の弓] ill：Ciel

高岡ミズミ

[人類学者は骨で愛を語る] ill：汞りょう
[僕が一度死んだ日] ill：穂波ゆきね
[闇夜のサンクチュアリ] ill：高階 佑
[鬼の接吻] ill：禾田みちる

高尾理一

[鬼の王と契れ] ill：石田 要

キャラ文庫既刊

高遠琉加
[神様も知らない]
[楽園の蛇 神様も知らない2]
[ラブレター 神様も知らない3] ill:高階 佑

田知花千夏
[男子寮の王子様] ill:高星麻子

谷崎 泉
[諸行無常というけれど]
[落花流水の如く 諸行無常というけれど2] ill:金ひかる

月村 奎
[そして恋がはじまる]全2巻 ill:夢花 李
[アプローチ] ill:夏乃あゆみ

遠野春日
[高慢な野獣は花を愛す] ill:汞りょう
[華麗なるフライト]
[管制塔の貴公子 華麗なるフライト2] ill:麻々原絵里依
[砂楼の花嫁]
[花嫁と誓いの薔薇 砂楼の花嫁2] ill:円陣闇丸
[玻璃の館の英国貴族] ill:円屋榎英
[芸術家の初恋] ill:穂波ゆきね
[欲情の極華] ill:北沢きょう
[獅子の系譜]
[獅子の寵愛 獅子の系譜2] ill:夏河シオリ
[蜜なる異界の契約] ill:笠井あゆみ
[黒き異界の恋人] ill:笠井あゆみ
[真珠にキス] ill:乃一ミクロ

中原一也
[仁義なき課外授業] ill:新藤まゆり
[後にも先にも] ill:梨とりこ
[居候には逆らえない] ill:乃一ミクロ
[中華飯店に潜入せよ] ill:相葉キョウコ

[親友とその息子] ill:兼守美行
[双子の獣たち] ill:笠井あゆみ
[野良犬を追う男] ill:水名瀬雅良
[ブラックジャックの罠] ill:小山田あみ
[媚熱] ill:みずかねりょう
[検事が堕ちた恋の罠を立件する] ill:水名瀬雅良

凪良ゆう
[恋愛前夜] ill:穂波ゆきね
[求愛前夜 恋愛前夜2] ill:穂波ゆきね
[天涯行き] ill:高久尚子
[おやすみなさい、また明日] ill:小山田あみ
[美しい彼] ill:葛西リカコ

成瀬かの
[世界は僕にひざまずく] ill:高星麻子

西江彩夏
[片づけられない王様] ill:麻生ミツ晃

西野 花
[溺愛調教] ill:笠井あゆみ

鳩村衣杏
[共同戦線は甘くない!] ill:桜城やや
[やんごとなき執事の条件] ill:沖銀ジョウ
[汝の隣人を恋せよ] ill:和鐵屋匠
[両手に美男] ill:乃一ミクロ
[友人と寝てはいけない] ill:小山田あみ
[歯科医の弱点] ill:佳門サエコ

樋口美沙緒
[八月七日を探して] ill:高久尚子
[他人じゃないけれど] ill:穂波ゆきね
[狗神の花嫁]
[花嫁と神々の宴 狗神の花嫁2] ill:高星麻子

[予言者は眠らない] ill:夏乃あゆみ

火崎 勇
[荊の鎖] ill:麻生 海
[お届けにあがりました!] ill:山田シロ
[灰色の雨に恋の降る] ill:星ソラ
[牙を剥く男] ill:汞りょう
[満月の狼] ill:有馬かつみ
[刑事と花束] ill:夏珂
[足枷] ill:Ciel
[龍と焔] ill:いさき李果
[理不尽な求愛者] ill:駒城ミチヲ
[理不尽な恋人 理不尽な求愛者2] ill:駒城ミチヲ
[ラスト・コール] ill:石田 要
[哀しい獣] ill:佐々木久美子

菱沢九月
[小説家は懺悔する]シリーズ全3巻 ill:高久尚子
[夏休みには遅すぎる] ill:山田ユギ
[本番開始5秒前] ill:新藤まゆり
[セックスフレンド] ill:水名瀬雅良
[ケモノの季節] ill:汞りょう
[年下の彼氏] ill:穂波ゆきね
[好きで子供なわけじゃない] ill:山本小鉄子
[飼い主はなつかない] ill:高星麻子

松岡なつき
[NOと言えなくて] ill:果桃なばこ
[WILD WIND] ill:雪舟 薫
[FLESH&BLOOD①～㉓] ill:①～⑪雪舟 薫／⑫～彩
[FLESH&BLOOD外伝 ―女王陛下の海賊たち―] ill:彩

キャラ文庫既刊

[H・K《ホンコン》ドラグネット] 全4巻 ill：乃一ミクロ
[流沙の記憶] ill：彩

水原とほる

[青の疑惑] ill：彩
[午前一時の純真] ill：小山田あみ
[春の泥] ill：宮本佳野
[金色の龍を抱け] ill：高階 佑
[災厄を運ぶ男] ill：葛西リカコ
[義を継ぐ者] ill：高階 佑
[夜間診療所] ill：新藤まゆり
[蛇喰い] ill：和鐵屋匠
[気高き花の支配者] ill：みずかねりょう
[二本の赤い糸] ill：金ひかる
[The Barber—ザ・バーバー—]
[The Cop—ザ・コップ— The Barber2] ill：兼守美行
[ふかい森のなかで] ill：小山田あみ
[彼氏とカレシ] ill：十月絵子
[愛と贖罪] ill：葛西リカコ
[雪の声が聞こえる] ill：ひなこ
[愛の嵐] ill：嵩梨ナオト
[女郎蜘蛛の牙] ill：高緒 拾
[囚われの人] ill：高崎ぼすこ

水無月さらら

[九回目のレッスン] ill：高久尚子
[裁かれる日まで] ill：カズアキ
[主治医の采配] ill：小山田あみ
[新進脚本家は失踪中] ill：一ノ瀬ゆま
[美少年は32歳!?] ill：高星麻子
[元カレと今カレと僕] ill：水名瀬雅良
[ベイビーは男前] ill：みずかねりょう
[寝心地はいかが？] ill：金ひかる

[18センチの彼の話] ill：長門サイチ
[メイドくんとドS店長] ill：高久尚子

水壬楓子

[桜姫] シリーズ全3巻 ill：長門サイチ
[シンプリー・レッド] ill：汞りょう
[作曲家の飼い犬] ill：羽根田実
[本日、ご親族の皆様には。] ill：黒沢 椎
[森羅万象 狼の式神]
[森羅万象 水守の守]
[森羅万象 狐の輿入] ill：新藤まゆり

宮緒 葵

[二つの爪痕] ill：兼守美行
[蜜を喰らう獣たち] ill：笠井あゆみ

夜光 花

[シャンパーニュの吐息] ill：汞りょう
[君を殺した夜] ill：小山田あみ
[七日間の囚人] ill：あそう瑞穂
[天涯の佳人] ill：DUO BRAND.
[不浄の回廊]
[二人暮らしのユウウツ 不浄の回廊2] ill：小山田あみ
[眠る劣情] ill：高階 佑
[愛を乞う] ill：榎本
[束縛の呪文] ill：香坂あきほ
[ミステリー作家串田寥生の考察] ill：高階 佑
[バグ①〜②] ill：湖水きよ

吉原理恵子

[二重螺旋]
[愛情鎖縛 二重螺旋2]
[攣哀感情 二重螺旋3]
[相思喪曖 二重螺旋4]
[深想心理 二重螺旋5]
[業火顕乱 二重螺旋6] ill：円陣闇丸
[嵐気流 二重螺旋7]
[双曲線 二重螺旋8]
[不響和音 二重螺旋9]
[間の楔] 全6巻 ill：長門サイチ
[影の館] ill：笠井あゆみ

渡海奈穂

[兄弟とは名ばかりの] ill：木下けい子
[小説家とカレ] ill：穂波ゆきね
[学生寮で、後輩と] ill：夏乃あゆみ

〈四六判ソフトカバー〉

英田サキ

[HARD TIME DEADLOCK外伝] ill：高階 佑

ごとうしのぶ

[ぼくたちは、本に巣食う悪魔と恋をする] ill：笠井あゆみ

凪良ゆう

[きみが好きだった] ill：宝井理人

菱沢九月

[同い年の弟] ill：穂波ゆきね

松岡なつき

[王と夜啼鳥《ナイチンゲール》 FLESH&BLOOD外伝] ill：彩

吉原理恵子

[灼視線 二重螺旋外伝] ill：円陣闇丸

〈2015年1月27日現在〉

投稿小説 大募集

『楽しい』『感動的な』『心に残る』『新しい』小説——
みなさんが本当に読みたいと思っているのは、
どんな物語ですか？
みずみずしい感覚の小説をお待ちしています！

応募のきまり

応募資格

商業誌に未発表のオリジナル作品であれば、制限はありません。他社でデビューしている方でもOKです。

枚数／書式

20字×20行で50～300枚程度。手書きは不可です。原稿は全て縦書きにしてください。また、800字前後の粗筋紹介をつけてください。

注意

❶原稿はクリップなどで右上を綴じ、各ページに通し番号を入れてください。また、次の事柄を1枚目に明記して下さい。
（作品タイトル、総枚数、投稿日、ペンネーム、本名、住所、電話番号、職業・学校名、年齢、投稿・受賞歴）

❷原稿は返却しませんので、必要な方はコピーをとってください。

❸締め切りは特別に定めません。採用の方にのみ、原稿到着から3ヶ月以内に編集部から連絡させていただきます。また、有望な方には編集部からの講評をお送りします。

❹選考についての電話でのお問い合わせは受け付けできませんので、ご遠慮ください。

❺ご記入いただいた個人情報は、当企画の目的以外での利用はいたしません。

あて先

〒105-8055　東京都港区芝大門2-2-1
徳間書店　Chara編集部　投稿小説係

投稿イラスト 大募集

キャラ文庫を読んでイメージが浮かんだシーンを、
イラストにしてお送り下さい。
キャラ文庫、『Chara』『Chara Selection』『小説Chara』などで
活躍してみませんか？

応募のきまり

応募資格

応募資格はいっさい問いません。マンガ家＆イラストレーターとしてデビューしている方でもOKです。

枚数／内容

❶イラストの対象となる小説は『キャラ文庫』及び『Chara、Chara Selection、小説Charaにこれまで掲載された小説』に限ります。
❷カラーイラスト1点、モノクロイラスト3点の合計4点をお送りください。カラーは作品全体のイメージを、モノクロは背景やキャラクターの動きのわかるシーンを選ぶこと(裏にそのシーンのページ数を明記)。
❸用紙サイズはA4以内。使用画材は自由。データ原稿の際は、プリントアウトしたものをお送りください。

注意

❶カラーイラストの裏に、次の内容を明記してください。
(小説タイトル、投稿日、ペンネーム、本名、住所、電話番号、職業・学校名、年齢、投稿・受賞歴、返却の要・不要)
❷原稿返却希望の方は、切手を貼った返却用封筒を同封してください。封筒のない原稿は編集部で処分します。返却は応募から1ヶ月前後。
❸締め切りは特別に定めません。採用の方にのみ、編集部から連絡させていただきます。また、有望な方には編集部から講評をお送りします。選考結果の電話でのお問い合わせはご遠慮ください。
❹ご記入いただいた個人情報は、当企画の目的以外での利用はいたしません。

あて先

〒105-8055　東京都港区芝大門2-2-1
徳間書店　Chara編集部　投稿イラスト係